敎神慶丁
訪文陽淘

천미신교
낙양지부

# 천마신교 낙양지부 3

정보석 新무협 판타지 소설

초판 1쇄 찍은 날 §2017년 7월 20일
초판 1쇄 펴낸 날 §2014년 7월 27일

지은이 §정보석
펴낸이 §서경석

편집책임 § 이선근
편집 § 김슬기

펴낸곳 §도서출판 청어람
등록번호 §제387-1999-000006호
등록일자 §1999. 5. 31
어람번호 §제2-2715호

주소 §경기도 부천시 원미구 부일로 483번길 40 서경B/D 3F (우) 420-822
전화 §032-656-4452  팩스 §032-656-4453
http://www.chungeoram.com
E-mail §chungeorambook@daum.net

ⓒ 정보석, 2017

ISBN 979-11-316-91398-3 04810
ISBN 979-11-316-91369-3 (세트)

# 3

# 천미신교 낙양지부

## 정보석 新무협 판타지 소설

### FANTASTIC ORIENTAL HEROES

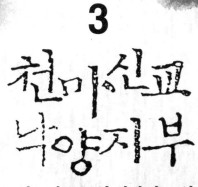

도서출판 청람

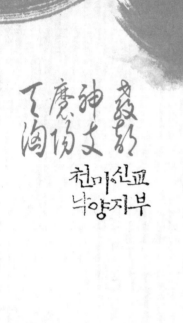

轟聲神文慶陽飛澗

천마신교
낙양지부

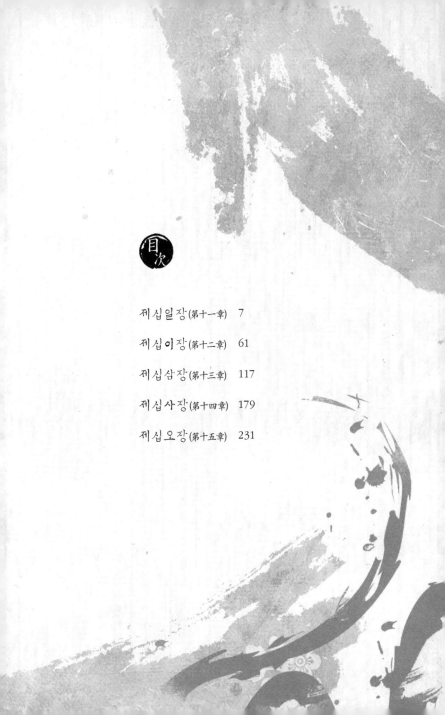

제십일장(第十一章)　7

제십이장(第十二章)　61

제십삼장(第十三章)　117

제십사장(第十四章)　179

제십오장(第十五章)　231

# 제십일장(第十一章)

손바닥을 쓰는 무공은 장공(掌功)이라 한다.

장공은 주먹을 사용하는 권공(拳功)과 비슷하나 손바닥의 넓은 면에 힘을 일정하게 실어 파괴력보다는 투과력(透跨力)을 강화한다. 때문에 겉보다 속을 상하게 하는 데 뛰어나다. 권으로 가슴을 치면 갈비뼈가 부러지지만, 장으로 가슴을 치면 심장과 폐가 상한다.

내력을 다루는 기공에서 가장 으뜸인 기술은 두말할 것도 없이 발경(發勁)이다. 장거리를 공격할 수 있게 해주기 때문이다. 그런데 권과 장은 이 발경이 불가능했다. 권과 장의 내력은 내 육신에 갇힌 내력이고, 검과 도처럼 또 다른 매개체가 아니기 때문이다.

까마득한 그 옛 무림에 많은 권법사와 장공사는 이 문제로 골머리를 앓았다. 안 그래도 검경(劍境)이 권경(拳境)보다 두세 배 이상 넓은데 검기(劍氣)의 활용도까지 생각한다면 이 차이가 수십 배로 커지기 때문이다. 실제로 무림인들 사이에서 발경이 대중화되면서부터 권과 장은 점차 비주류로 변해갔다.

그런데 어느 날 장공을 깊이 익힌 한 무림인에게 깨달음이 찾아왔다. 장공을 익힐 때 처음에는 진흙을, 그다음에는 물을 가지고 연마를 하던 것에서부터 출발한 것으로, 그것이 극한의 경지에 오르면 '공기'를 가지고도 타격을 연마할 수 있지 않을까 하는 다소 망상에 가까운 깨달음이었다.

그는 장공을 익힌 다른 모든 무림인들을 모아 공기를 매개체로 삼는 연구를 진행했다. 그러나 공기 자체는 실존한다고 생각하기도 어려울 정도로 너무나 가벼웠기에 그런 물질을 매개체로 발경한다는 것은 쉬운 일이 아니었다. 그렇게 점차 하나둘씩 포기하여 홀로 남았음에도 수십 년을 더 연구하여 결국 장공에 발경을 담아내는 데 성공했다.

그의 연구 성과를 결론적으로 말하면, 넓은 면을 이용한 장공을 허공에 펼치면 타격하는 그 짧은 순간에는 손바닥 앞의 공기가 극도로 압축되고, 이 압축된 공기는 다른 대기 속의 공기와 구별되며 또한 홀로 진동할 수 있다는 것이다. 즉, 이 압축된 공기가 마치 검과 도처럼 다른 매개체가 되는 것이다.

검이 지나간 자리에 생긴 '허공'을 역으로 진동시킴으로써 발경하는 검기와는 다르게 압축된 공기를 진동시키는 장공의 발경은 이론적으로도 현실에서도 검기와 비교하여 전혀 밀리지 않았다. 그 연구를 통해 장공의 발경을 익힌 이들은 그 기본 원리가 공기의 압축에 있다는 것을 고려하여, 장공의 발경을 장경(掌勁)이나 장기(掌氣)라 칭하지 않고 장풍(掌風)이라 칭하였다. 그것은 새로운 발견을 자축하고자 하는 것이었다.

이로써 허공에 장공을 펼쳐 장거리에 있는 대상을 직접적으로 타격하는 것과 같이 공격할 수 있게 되었다. 아니, 내공이 심오하면 심오할수록 장풍은 실제로 타격하는 것보다 더욱 강력해졌다.

무기 없이 내력을 발경할 수 있는 이 장풍의 묘리는 실용적인 부분에서도 인정을 받게 되었고, 곧 전 무림에 퍼져 웬만한 문파에서 장공 하나쯤은 찾아볼 수 있는 지경에 이르렀다.

그것이 가도무의 손바닥에서 펼쳐졌다.

파— 앙!

온몸의 신경이 곤두서는 날카로운 소리가 순간적으로 폭포의 소리조차 덮어버렸다. 그러나 소리만 컸지, 그 장풍은 그리 빠르지 않았다. 피월려는 뒤로 허리를 젖히면서 굴렀다. 거리를 벌리면서 효과적으로 피하는 방법이었기 때문이다.

장풍이 지나가고 그가 자세를 잡아 바로 섰을 때에는 피부의 열기가 느껴질 정도로 가까운 거리에 가도무가 있었다.

왼발은 피월려의 다리 사이에, 오른발은 피월려의 오른쪽 뒤꿈치에, 그의 얼굴은 피월려의 뒤에, 상체는 피월려의 팔과 다리 사이에, 그리고 무엇보다 중요한 손가락은 피월려의 심장 바로 위쪽 가슴에 닿아 있었다.

가도무는 피월려의 시야가 잠시 가려진 사이에 이 장이 넘어가는 거리를 보법으로 좁혀온 것이다. 이대로 손가락에 내력을 담아 찌른다면 피월려의 심장에는 구멍이 뚫릴 것이다.

피월려는 미동도 하지 못하고 얼어붙었고, 가도무는 피월려의 귓가에 속삭이듯 말했다.

"실망이군. 그걸 속느냐?"

"……."

충분히 피할 수 있을 만한 속도의 장풍을 쏘아 보낸 뒤 상대방이 취할 회피 동작을 미리 예상하여 완전하게 품속으로 들어간다.

초접근전만 유도할 수 있다면 검공보다 훨씬 강력한 장공과 권공의 문제는 바로 애초에 어떻게 거리를 좁히는가 하는 것이다. 가도무는 장풍을 이용하여 너무나 쉽게 피월려에게 접근했다.

이것은 단순한 무공의 고하 문제가 아니라 경험의 차이다. 가도무 정도의 고수가 아니더라도 지금과 같은 방법으로 충분히 피월려를 죽일 수 있을 것이다.

가도무가 뒤로 몇 걸음 물러났다.

"다시 하지. 이번에도 이 정도 수준이라면 목숨은 살려주고 싶었던 내 마음이 어떻게 변할지 모른다."

피월려는 호흡을 하며 자세를 다시금 잡았다.

"천살지장의 지장이라는 별호가 이런 뜻이었군요."

"본좌는 적과 거리가 멀 때는 장(掌), 가까울 때는 지(指)를 선호하지. 이젠 방심하지 말거라."

가도무는 말이 끝나고 양손을 펴면서 내력을 끌어 올렸다. 이번에는 제대로 된 장풍을 보여주려 한 것이다. 그런데 피월려는 그의 말이 끝나기도 전에 이미 발걸음을 떼고 쌍검을 치켜세우며 돌진했다.

피월려가 갑자기 선공할 줄은 예상하지 못했기에 가도무는 내력을 가다듬었다. 장풍을 펼치려면 조금 더 내력을 끌어 올려야 하는데, 그렇게 하면 시간을 맞추지 못하고 피월려의 검이 먼저 도착할 것이 뻔했기 때문이다.

바로 조금 전, 한 수를 내줬으니 소극적으로 변할 만도 하건만 피월려는 정확한 계산 아래 망설이지 않고 움직인 것이다.

'쓸 만한데…… 꽤 강단이 있는 놈이군.'

가도무는 피월려의 선공이 마음에 들었다.

피월려는 좌검을 바깥쪽으로 휘둘렀고, 가도무는 허리를 뒤로 쭉 빼면서 손바닥으로 좌검의 검면을 쳤다.

타— 앙!

두 번째로 피월려의 우검이 독사의 머리처럼 찔러 들어왔고, 가도무는 다시금 검면을 손바닥으로 쳤다.

타— 앙!

매섭게 쇄도하는 검의 검면을 장공으로 때려서 막는 것은 검의 움직임이 모두 읽혔다는 반증이다. 게다가 눈으로도 쫓기 어려운 고수의 검을 얼마든지 베일 수 있는 손바닥으로 방어해 내는 생각을 하는 것 자체가 이미 상대를 하수로 여긴다는 것이다.

이래서 무림에는 초식이 있다. 검에 틀을 만들고, 그 틀만을 연마하여 자신의 본래 실력보다 강한 검로를 억지로라도 재연함으로써 자신보다 좀 더 고강한 상대를 제압할 수 있게 하는 것이다.

그러나 피월려는 무초식을 추구하는 무림인이었기에 그는 형식이나 틀의 도움을 받을 수 없었다. 즉, 그의 속도와 힘은 절대로 그가 낼 수 있는 최대치를 넘을 수 없다는 말이다.

용안의 힘을 빌린다면 가도무의 취약점을 찾아낼 수도 있겠으나 피월려는 용안의 힘을 빌리는 것이 매우 꺼려졌다.

그것이 죽음으로부터의 가르침이다. 남들처럼 죽음의 사선을 직접 경험하지 않으면 발전이 없고 언젠가는 또다시 죽음의 문턱에 다다를 것이다.

피월려는 더는 공격하지 않고 방어적인 자세를 취했다. 그러자 가도무 또한 조금씩 물러나며 일 장 정도 되는 거리에서 움직이지 않았다.

"이상하군. 지금 무슨 마공을 사용한 것이냐?"

피월려는 경각심을 잃지 않으며 대답했다.

"아직 마공의 힘을 사용한 적 없습니다. 아니, 사용하는 방법조차 배우지 못했습니다."

피월려는 아직 극양혈마공밖에 배우지 못했다. 내력을 제대로 얻지도 못했을 뿐만 아니라 그 내력을 사용할 만한 외공을 하나도 배우지 못했다. 하다못해 발로 펼치는 보법조차 모른다.

그런데도 가도무는 고개를 저으며 말을 이었다.

"조금이지만 본좌가 내력을 담아 검을 내려쳤는데 손아귀가 찢어지지 않았으니 네 근골 또한 마공으로 인해 강화된 것이 틀림없다. 그것은 내력 없이 받아낼 만한 것이 아니었어."

피월려는 자기도 모르게 손아귀를 보았다. 그의 손에는 아무런 이상도 없었다.

"내력을 담아 내려친 것입니까? 조금 전에?"

"그렇다. 설마 그것도 알지 못한 것이냐?"

피월려는 용안을 사용하지 않았었다.

"몰랐습니다. 내력이 담기지 않은 줄 알았습니다만……."

"흠……."

가도무는 잠시 고민하더니 갑자기 돌진했다.

피월려는 그를 주시하고 있었기에 침착하게 우검을 내지르며 방어했다. 그러나 가도무는 뺨을 때리는 것처럼 너무나도 손쉽게 그의 우검을 날리듯 치고 더욱 피월려의 품속으로 접근했다.

피월려는 목을 숙이고 좌검을 역으로 잡았다. 그리고 허리쪽으로 검을 잡아당기면서 가도무가 실어준 힘을 받아 몸을 반 바퀴 빠르게 돌렸다.

완전히 노출된 등을 보고 가도무는 양손을 들어 내리꽂으려 했다. 가도무의 장공으로 등을 가격당한다면 척추는 둘째 치고, 속의 장기가 모두 박살 날 것이 분명했다.

그런데 갑자기 피월려의 옷자락 속에서 가시 같은 것이 솟아나는 듯하더니 그의 좌검이 그의 옷을 뚫고 그 검신을 환하게 드러내었다. 가도무는 급히 손을 거두면서 다시금 그 검날을 쳐내었다.

피월려는 그 힘에 반동을 받아 또다시 반 바퀴를 돌았다. 이번에는 그의 우검이 가도무의 머리를 향해 날아왔다.

가도무는 머리를 뒤로 젖히면서 피하고는 다시 이 장 뒤로 물러났다.

피월려는 작은 미소를 지으며 말했다.

"마지막 검은 막지 못하고 피하셨습니다."

"내 힘을 반동으로 휘두른 검이니까 속도가 빠르더군. 그러나 역시 기공을 사용하지 않고 일상적인 원리를 벗어나지 못한 검이니 예상할 만한 검이었다."

"그 말은 무슨 뜻입니까?"

"눈으로 좇을 수 있는 검이라는 것이다. 감각으로만 피할 수 있는 수준은 아니라는 말이지. 아직 수준이 검법에 머무르는 것을 보니 네가 아무런 검공도 익히지 않았다는 것은 사실이군. 그렇다면 내 장공에 네가 검을 놓치지 않은 그 힘은 검공에서 온 것이 아니라 순수하게 극양혈마공의 위력에서 나온 것이 맞게 되고."

"……."

가도무는 피월려의 무공을 직접 세세하게 확인했다. 그는 다시 고민하면서 중얼거렸다.

"극양혈마공이 신체의 기본적인 근력 또한 상승시켜 주는 것인가? 이건 몰랐던 것인데…… 아니면 혹시 내력이 저절로 흐르는 것인가? 극양혈마공을 익히고 아직 한 번도 음양합일을 하지 않은 것이 맞느냐?"

피월려는 순순히 대답했다.

"아직 그렇습니다."

"역시… 그렇다는 것은 극양혈마공은 무단전의 무공이라는 것이군."

"예?"

"아니다. 우선 확인해 보지."

가도무는 손을 내젓고는 다시 피월려에게 달려들었다.

피월려가 어떻게 하기도 전에 가도무의 손길이 이미 피월려의 얼굴로 향해 있었다. 지금까지 보여준 움직임과는 차원이 다른 속도였고, 피월려는 속으로 간담을 쓸어내리며 고개를 재빨리 돌렸다.

곧 가도무의 왼손이 어깨 위로 아슬아슬하게 지나가는 것이 느껴졌다. 피월려는 순간적으로 안심했으나, 가도무의 진정한 공격은 장공이 아니었다.

쿵!

가도무의 어깨가 그대로 밀고 들어와서 피월려의 가슴과 충돌했다. 피월려는 가슴에서 통증을 느꼈고, 자세를 다잡지 못하고 비척비척 뒤로 물러났다.

그사이 가도무는 내력을 끌어 올리며 자세를 잡았다. 극한의 짧은 순간에 뿜어지는 기류에 옷이 사방으로 펄럭거렸다. 그는 두 다리를 어깨너비로 벌리고 왼손으로 오른쪽 손목을 붙잡고 나서 서서히 원을 그리며 움직이면서 비틀거리는 피월려를 조준했다.

자세가 엉성한 피월려는 이렇다 할 대비를 하지 못했다.

콰— 쾅!

겨우 몸을 추스른 피월려는 앞에서 들리는 굉음에 경악한 표정을 지었다. 공기가 찢어지는 폭풍과도 같은 기류가 가도무의 손에서 뿜어졌고, 매섭기 그지없는 그 바람은 피월려의 전신을 뒤덮었다.

장풍 속에 담긴 내력이 옷과 몸을 모두 관통했다.

"크아악!"

온몸이 찢어지는 듯한 고통을 느낀 피월려가 큰 비명을 내뱉고는 그대로 땅에 엎어졌다. 다행히 정신의 끈을 놓치지 않은 피월려는 거친 숨을 쉬며 마음을 다잡고 있었다.

가도무는 피월려가 겨우 쥐고 있는 쌍검을 번갈아보며 그에게 다가왔다. 죽은 강아지를 대하듯 가도무는 피월려의 얼굴을 들춰보며 말했다.

"죽었느냐?"

피월려는 겨우 대답했다.

"사, 살아 있습니다."

가도무는 감정 하나 섞이지 않은 눈동자로 피월려의 몸을 훑어보았다.

"장풍은 기로써 위력을 내기 때문에 아무리 근골과 기혈을 단단하게 만들어도 막을 수 없다. 장풍을 막는 것은 똑같이 내력으로만 가능하지. 즉, 내력이 없는 사람이라면 죽는다. 그런데도 네놈은 살아 있지. 이는 극양혈마공이 몸의 근골과 신체를 강화하는 것이 아니라 내력 자체가 온몸을 감싸고 있다는 뜻이지. 극양혈마공이 네 생명을 지킨 것이야. 역시 무단전이 맞았어. 네 생각은 어떠냐?"

피월려는 참담한 기분이 들었다. 만약 가도무의 생각이 틀렸다면, 피월려는 그냥 죽은 목숨. 하지만 그가 할 수 있는 것은 아무것도 없었다.

그는 속으로 억울함을 참으며 숨을 헐떡이다가 자신의 생각을 말했다.

"내력이 있어야 저항할 수 있는 공격을 저항했다면 분명히 내력이 있는 것입니다. 그러나 저는 제 기혈을 통하여 움직이는 내력을 전혀 느낄 수 없습니다. 단전에도 아무런 존재감이 없습니다."

"흠, 그럼 마공을 익혀 역혈지체가 되기 전에 쌓았던 내력은 어떻게 하였느냐? 극양혈마공이라도 본래의 내력을 마기로 전환하려면 꽤 오랜 시간이 필요할 텐데, 버렸느냐? 아니면 아직 단전에 가지고 있느냐?"

"그전에는 내공을 익힌 적이 없습니다. 극양혈마공이 제가 처음 익힌 내공입니다."

"뭐라? 그럼 마공을 익히기 전에 어떠한 기공도 익히지 않았다는 것이냐?"

"그렇습니다."

가도무는 갑자기 손뼉을 쳤다.

"아하! 완전히 비어 있는 몸으로 마공을 익힌 것인가! 그렇지! 그래! 그렇군! 그래서 가능한 것이군. 원래 내력이 한 줌도 없었으니 극양혈마공을 무단전으로 익힐 수 있는 것이야! 그런 기가 막힌 방법이 있었다니! 이 방법을 고안해 낸 사람이 누구냐? 본좌가 직접 물어야겠다."

피월려는 극양혈마공의 서책 뒤에 적힌 이름들만 기억했다. 극양혈마공과 극음귀마공은 처음 창시되었을 때부터 매우 불안정하여 여러 번의 수정이 있었는데 그 때문에 수정자의 이름도 수두룩했다. 피월려는 가장 마지막에 있던 이름을 기억하고는 그에게 말했다.

"사녹이라 적혀 있었습니다."

"사녹 선배? 역시! 사녹 선배밖에 없지. 흠, 아쉽군. 최근에 죽었으니 대화는 물 건너갔구나! 아니, 잠깐. 그러고 보니 죽기 직전에 어떤 깨달음을 얻은 것인가? 어쩌다가 낙양지부에 흘러들어 왔지? 이것 참, 골치 아픈데……. 아무래도 기를 운행하는 것을 한번 봐야겠다."

"예?"

"어차피 네 기혈이 상했으니까 운기조식을 해야 하지 않겠느냐? 네가 먹은 마단이 음의 기운을 보충할 테니까 마성에 젖어드는 일은 없을 것이다. 그러니 안심하고 해."

무림인은 운기조식을 통해 기공을 연마하거나 상처를 치료한다. 그러나 그 와중에는 조금만 충격을 받아도 기혈이 뒤틀리게 되어 치명상을 면할 수 없다.

피월려는 그 점이 꺼려졌다. 운행을 하는 동안 가도무가 밖에서 무슨 짓을 할지 알 길이 없었기 때문이다. 그러나 가도무가 생사여탈권을 쥔 이상 피월려는 그의 말에 따라야 했다.

피월려는 고통을 무릅쓰고 자리에서 서서히 일어나 가부좌를 겨우 틀고는 눈을 감았다. 지금까지 그가 가부좌를 했을 때에는 단순히 심신을 다스리려 했기 때문에 모든 생각을 완전히 비웠지만, 지금은 내공을 운행하는 것이 목적이기에 극양혈마공의 구절을 속으로 읊으며 무아지경으로 빠져들어 갔다.

피월려는 점차 감각이 무뎌지는 것 같았고, 현실에서 멀어지는 것을 느꼈다. 그리고 곧 그는 몸 안에 살아 숨 쉬는 모든 기운을 하나하나까지 느낄 수 있게 되었다. 장기에서 장기로 움직이는 기혈, 뼈와 뼈를 잇는 살아 숨을 쉬는 근육, 머리카락 한 가닥까지도 그가 느끼지 못하는 것이 없었다.

쿵쾅! 쿵쾅!

극양혈마공이 정신을 지배하기 시작하자 심장이 요동치고, 그의 기혈은 보통 사람과는 정반대 방향으로 움직이기 시작했다. 역혈지체의 운행이 시작된 것이다.

기가 들어와야 할 곳으로 나가고 나가야 할 곳으로 들어온다. 흐름의 부조화가 호흡을 통해서 폐에 가득 찬 대기를 오염시켜 광기로 점차 변질시킨다. 광기가 생성될 때마다 기가 사라진다. 몸의 기가 텅텅 비게 된다.

자연의 대기는 많은 곳에서 적은 곳으로 흘러 조화를 이루기 때문에 피월려의 주변에 존재하는 대기가 그의 온몸으로 빨려 들어갔다. 그런데 막상 들어가 보면 광기가 가득하다. 대기는 다시 광기가 되고 대기의 부재는 다시 대기를 빨아들인다. 이것이 연쇄반응을 일으켜 보통의 방법과는 차원이 다른 속도로 광기를 쌓을 수 있다. 이런 광기는 당연히 사람을 미치게 한다. 그러나 마공이 그것을 정제하여 마기로 바꾸는 역할을 한다.

이로써 내력이 마기로 가득해지는 것이다.

피월려는 마기가 가득 차 더는 채울 수 없을 때가 되자 운행을 멈췄다. 극양혈마공으로 정제된 마기는 양기의 농도가 매우 짙었으나 피월려가 먹은 마단과 함께 음양의 조화를 일으켰다. 그럼에도 피월려는 뜨거운 기운을 느꼈고, 그것을 호흡을 통하여 모두 뱉어내었다.

그는 서서히 눈을 떴다.

사람을 오싹하게 하는 마기가 그의 눈빛에 서려 있었다.

피월려는 몸 안에 가득한 마기를 느끼면서 마공을 익힌 마인들의 감정을 이해할 수 있게 되었다. 강력한 기운이 몸 안에서 용솟음치니 마치 술을 마신 것처럼 이 세상의 모든 것을 다 부숴 버릴 듯한 기분에 취하는 것이다.

한동안 기이한 기분에 사로잡혔던 피월려는 갑자기 정신이 번쩍 들었다. 분명히 옆에 있어야 하는 가도무가 보이지 않았기 때문이다. 그런데 저만치 떨어져 있는 곳의 바닥을 보니 가도무가 쓴 것으로 짐작되는 글귀가 있었다.

─덕분에 극양혈마공에 대해서 조금 깨달은 바가 있다. 운행하면서 마단의 기운을 모두 썼을 테니 이대로 있다가는 곧 태양의 기운으로 음양의 조화가 어긋나 마성에 젖어들 것이다. 본좌가 마단 두 개를 남기니 지금 한 번, 여섯 시진 뒤에 한 번 섭취하여 음기를 보충하는 것이 좋을 것이다. 다음에 또 만나자.

피월려는 바로 옆에 놓인 마단 두 개를 보았다.

천살성인 그가 왜 아까운 마단을 두 개나 주었을까?

그리고 왜 다음에 또 만나자는 것일까?

피월려의 눈빛에서 무시무시한 기운이 모두 사라지며 되레 침울해지기까지 했다.

"젠장, 잘못 걸렸어."

하늘을 보며 한탄한 그는 마단을 품에 넣었다.

태양의 위치를 보면 아직 정오가 되지는 않았다.

반나절이 넘는 시간 동안 일어난 일이 많다. 빨리 지부에 복귀해야 한다. 피월려는 이곳에서 다시 낙양으로 돌아가는 길을 기억하면서 자리에서 일어나려 했다.

그런데 무언가 이상하다.

갑자기 눈앞이 돌기 시작하더니 빈혈기가 올라와 무게중심을 잡지 못하고 비틀거렸다. 쌍검으로 땅을 짚고 겨우 몸을 유지하던 피월려는 말을 듣지 않는 몸을 내려다보며 인상을 찡그렸다.

방금까지도 운기조식을 하였으니 기혈의 상태가 최상일 터인데 어찌하여 신체를 잘 다룰 수 없는가? 피월려는 문제가 내부에 있는 것이 아니라 외부의 영향이라고밖에 생각할 수 없었다. 그는 주위를 둘러보았다.

그때, 북쪽 방향에서 흑의를 입은 무영비주가 산책을 하듯 걸어왔다. 그의 얼굴에는 미미한 조소가 담겨 있었다.

"무림인이 가장 방심하는 순간이 언제인 줄 아나?"

피월려는 씹어 내뱉듯 말했다.

"운기조식을 할 때겠지."

무영비주는 양 손목을 툭하니 공중에다가 털었고, 피월려의 온몸을 칭칭 감은 무영사가 약하게 진동했다. 피월려는 그 자리에 무릎을 꿇었고, 무영비주는 작은 웃음을 지었다.

"틀렸어. 운기조식을 안전하게 끝냈다고 안심할 때다."

피월려는 몸을 움직이려고 온몸을 들썩거렸으나 무영사가 그의 몸을 더욱 옥죌 뿐이다. 가도무의 일격도 막을 정도로 강해진 근력으로도 무영사의 탄력을 이기진 못했다.

피월려는 포기했다.

"과연 그런 것 같군. 어떻게 나를 발견하고 언제 무영사로 포박한 것이지?"

"낙양지부의 위치라도 알아낼 수 있을까 해서 네 몸에 무영사 한 가닥을 달아두었지. 마인의 시체는 마공의 비밀을 위해서라도 마인들이 거둬들이니까."

"운이 지지리도 없군."

"반면에 나는 운이 매우 좋아. 네가 살아 있다면 살막에게도 할 말이 생기지. 네놈이 어떻게 살아났는지는 모르겠지만, 살막에서 고문하기에는 아무런 문제가 없는 것 같군."

"……."

"그럼 같이 걸으실까?"

무영비주는 머리를 감쌀 수 있을 만한 크기의 포대를 품속에서 꺼냈다.


*　　　　　*　　　　　*


피월려는 포대를 뒤집어쓴 탓에 아무것도 보지 못했다. 그러나 바로 발아래로는 시야를 확보할 수 있었기에 걷는 데에는 그리 큰 지장이 없었다.

무영사가 동아줄처럼 그의 몸을 칭칭 감고 있었다. 두 손이 허리에 붙어 떨어지지 않은 상태로 걷다 보니 몸이 조금씩 피로해지기 시작했다. 얼마나 오랫동안, 또 얼마나 먼 거리를 걸었는지도 알 수 없었다.

피월려는 피로에 지친 목소리로 입을 열었다.

"서쪽으로 가는 걸 보니까 사천에 있는 본가로 가는 것 같은데, 걸어서 가려면 적어도 한 달이야."

무영비주는 걷는 것을 멈추지 않고 돌아보지도 않으면서 피월려에게 대답했다.

"사천의 비도문이 멸망한 지 오십 년이 지났다. 새롭게 태어난 비도혈문은 이 세상 어디에도 본가를 두지 않는다. 지금 가는 곳은 반 시진도 안 걸려서 도착할 것이야."

"그럼 어디로 가는 거지?"

"그거야 뻔한 것 아닌가? 살막이지."

"……."

의외로 쉽게 대답을 얻어냈지만, 그 답 자체만 놓고 보면 그리 유쾌하지는 않았다.

무영비주가 스스로 말했듯이 그들은 살막의 지시를 받아 대상을 암살하는 살문이다. 살막은 그들에게 일거리를 제공하는 상관과 다를 바가 없었고, 그들이 찾는 피월려를 빼돌렸던 무영비주는 다시 그들에게 피월려를 바쳐야만 뒤탈 없이 이번 일이 마무리될 수 있었다.

무영비주가 비릿한 미소를 지으며 물었다.

"왜, 두려운가?"

"글쎄. 그런데 왜 나를 직접 고문하지 않지? 그러려고 했잖아?"

"그러기엔 이미 늦었어. 잔말 말고 따라와."

피월려는 무영비주가 했던 말을 떠올리며 상황을 유추했다.

무영비주가 처음 피월려를 살막의 손에서 빼온 이유는 황룡환세검공을 얻기 위함이다. 그것만 얻는다면 살막과 틀어지더라도 괜찮다는 의미다. 그런데 지금에 와서 이미 늦었다고 말한다는 것은 다시 살막과 틀어진 관계를 회복하려는 것이다. 피월려를 고스란히 넘겨주는 것을 대가로 말이다.

그러나 그것이 성립하려면 한 가지 전제 조건이 있다.

피월려는 묻지 않을 수 없었다.

"결국 내가 황룡환세검공을 소유하고 있지 않다는 내 말을 믿었군. 내게 없으니까 고문도 소용없다는 판단을 한 것이고. 왜지? 그렇게 내가 죽어가던 모습이 처절했나? 거짓을 말할 수 없을 만큼 비참한 모습이었나 보지?"

무영비주는 대답하지 않았다. 피월려는 입술을 질근 깨물었다.

그 둘은 한동안 말없이 걸었다.

그러다가 문득 무영비주가 다른 질문을 해왔다.

"한 가지만 묻지. 어떻게 살아난 거야? 옆에 있던 그 정체불명의 고수가 살려준 것인가?"

피월려는 가도무의 존재에 대해서 이러쿵저러쿵 말할 생각이 없었다.

"내가 특이한 마공을 익혔기 때문이야. 그뿐이지. 그런데 아까 늦었다는 말은 무슨 뜻이지? 내 몸을 온전히 살막에 바쳐야 한다는 말인가?"

"마음 같아서는 고문하고 싶지만 어쩔 수 없지."

"그렇다면 부탁 하나 하지."

무영비주가 걸음을 멈췄다. 땅을 보며 한숨을 내쉬더니 피월려에게 터벅터벅 다가왔다. 그러고는 주먹으로 피월려의 얼굴을 가격했다.

퍽!

턱이 돌아가며 피월려의 입술에서 진한 피가 흘렀다. 포대 탓에 앞이 보이지 않기에 불시의 일격을 당한 것처럼 충격이 막대했다.

"지금 상황이 이해가 안 가는……."

피월려는 분노한 듯한 무영비주의 말을 잘랐다.

"내 품속에 단환이 두 개 있다. 지금 섭취하지 않으면 죽을지도 몰라."

"뭐?"

"단환을 먹어야 한다. 안 그럼 죽는다. 내가 죽으면 네게 문제가 되는 걸로 알고 있는데."

"……."

당장 피월려가 갑자기 죽어버리면 무영비주가 살막에게 할 말이 없다. 살막은 당연히 무영비주가 황룡환세검공을 넘본다고 생각할 것이고, 곧 비도혈문의 충성을 의심하게 될 것이다.

살막은 비도혈문이 선택할 수 있는 가장 마지막 피난처이다. 살계에서도 추방되면 그들이 갈 곳은 저세상밖에 남아있지 않다.

무영비주는 피월려의 품속을 뒤져 두 개의 마단을 찾아내었다.

"이것 말이냐?"

포대 아래쪽으로 무영비주의 거친 손바닥과 그 위에 놓인

두 개의 마단을 본 피월려는 대답했다.

"그렇다."

무영비주는 갑자기 웃었다.

"크하하! 단환이라? 무슨 단환이지?"

"단환이 아니라 마단이다. 마공을 익히지 않는 사람에게는 독과 같은 것이니 딴생각하지 말고 넘겨."

"마단이면 처음부터 마단이라 했어야지 왜 단환이라고 한 것일까? 응?"

"......"

피월려는 말을 하지 않았고, 무영비주는 웃음을 멈추지 않다가 두 개의 마단을 본인의 입속으로 털어 넣었다.

그는 보란 듯이 씹어대면서 조롱하듯 비웃었다.

"향이 좋군. 클클클. 갑자기 내력을 증가시켜 무영사의 포박에서 벗어나려는 그런 잔꾀에 내가 속을 것 같으냐? 이 단환은 내가 고맙게 먹도록 하지."

포대 속에서 피월려는 회심의 미소를 지었으나 티를 내지 않으려고 노력했다.

마단을 먹을 경우, 역혈지체를 이룬 마인이 아니라면, 지독한 고통에 휩싸이며 신체가 역혈지체로 변하게 된다. 만약 무영비주에게 그런 일이 일어난다면 절대로 무영사의 내력을 유지할 수 없을 테니 피월려는 유유히 빠져나와 신음하고 있는 무영비주의 목을 따버리면 되는 것이다.

피월려는 이제 몸을 부르르 떨며 고통에 시달릴 무영비주의 모습을 상상하며 조용히 기다렸다. 쉽게 일이 풀리는 것 같아서 웃음이 나오려 했으나 어떻게든 참아내려 안간힘을 썼다. 조금이라도 무영비주가 이상한 낌새를 눈치챘다면 최악에는 동반사할 수 있기 때문이다.

그러나 한 다경이 지나도록 기대하고 기대하던 비명은 들리지 않았다.

"꺼억!"

오히려 기분 나쁜 트림 소리만 났다.

무영비주는 방긋 미소를 짓더니 비아냥대었다.

"좋은 마단이군. 음의 기운이 너무 강한 것이 흠이지만 귀섭마공(鬼攝魔功)을 익힌 나에게는 아무런 문제도 없지."

마단을 먹고도 전혀 문제가 없다? 이것은 그가 이미 마공을 익히고 있다는 반증이다.

피월려는 눈을 질끈 감으면서 나지막하게 물었다.

"비도혈문의 내가기공이 마공이었나?"

"비도문이 비도혈문이 되면서 수섭음공(手攝陰功)은 귀섭마공이 되었지. 그것도 음기가 주가 되는 마공이야. 그러니 그것이 단환이든 마단이든 음기가 담겨 있는 이상 나에게는 둘 다나쁠 게 없다. 그런데 나름 기대했던 내력의 양은 보잘것없군.

뭐, 마기와 음기는 실로 대단하니 이것으로 만족해야 하나."

피월려는 당했다는 사실이 매우 거슬렸으나 전혀 내색하지 않으며 물었다.

"내가 한 말은 거짓이 아니다. 내 몸은 곧 음기의 부족으로 내력에 이상이 생길 거야."

"그거야 그 은거고수가 적어 놓은 글귀에서도 알 수 있는 말이지."

"그렇다면 내가 그 마단을 먹지 않으면 위험하다는 말이 사실이라는 것도 알겠군. 그럼에도 왜 마단을 주지 않았지? 마단이 없으면 내 생명을 장담할 수 없을 텐데."

"글쎄. 큭큭큭."

무영비주는 기분 나쁜 웃음을 흘리며 걷기 시작했다. 피월려는 그런 그의 행동에 의문을 느끼면서 그를 따라 걸었다.

*           *           *

대략 반 시진 후, 발 주변에서 보이던 풀들이 돌과 흙으로 바뀌기 시작했고, 점차 빛이 사라지면서 명암이 흐려졌다. 공기에는 습기가 차오르고 걸을 때마다 느껴지던 마찰력이 점차 줄어들었다.

그들은 숲을 벗어나 동굴로 들어간 것이다.

거대한 절벽의 한구석에 텅 비어 있는 듯한 그 동굴의 입구는 상당히 좁았다. 그러나 들어가면 들어갈수록 점차 그 크기가 커지면서 깊이를 알 수 없을 만큼 웅장해져 갔다. 아름답기로 소문난 종유석의 기이한 색깔은 사람의 마음을 빼앗는 마력이 있었고, 불규칙한 통로는 진법과 같이 방향감각을 마비시키는 힘이 있었다.

하늘이 양이면 땅이 음이라 했던가. 그 동굴에는 사람의 신경을 곤두세우게 하는 음한 기운이 가득했다. 태양의 기운인 양이 스며들지 못하고 땅의 음기가 압도하니 어찌 보면 당연한 이치다.

숨을 쉬는 공기에서부터 음기가 가득하니 피월려의 극양혈마공은 서서히 진정되기 시작했다. 그리고 가도무가 염려했던 음양의 부조화는 현저히 지연되기 시작했다.

피월려는 이제야 왜 무영비주가 그에게 마단을 주지 않았음에도 걱정하지 않았는지 깨달았다. 가도무가 쓴 글을 읽었을 테니 태양의 기운을 막을 수 있다면 마단이 필요하지 않다는 것도 충분히 유추해 낼 수 있기 때문이다.

피월려는 처음 동굴로 들어오면서부터 머릿속으로 대충 지도를 그렸으나 곧 포기해 버렸다. 그 통로는 한 번에 도저히 외울 수 없을 정도로 매우 복잡하고 난해했다. 게다가 지형 자체가 위아래로 들쑥날쑥하니 동서남북만으로만 표현이 되는 평면지도에 익숙한 피월려가 갑자기 머릿속에 상하를 추가할 수 없는 것이 당연했다.

그들은 곧 반경 열 장이 넘어가는 거대한 동공에 도착했다. 중앙으로는 미약한 햇빛이 스며들어 은은하게 비추었고, 동공의 중앙 쪽에는 동굴의 습기가 모여 묘한 색을 띠는, 반경 세 장 정도의 웅덩이를 이루고 있었다.

그런 동공의 한쪽 벽에는 여러 쇠사슬이 벽에 붙어 있었는데, 그 끝에 고리가 있는 것으로 보아 마치 감옥의 그것과 똑같았다. 그러한 것이 수십 개가 나열되어 있었는데, 사람의 뼈다귀와 넝마가 된 옷자락이 여기저기 널려 있었다.

무영비주는 피월려를 그 벽 쪽으로 데려갔고, 피와 시체 냄새가 묘하게 엉킨 죽음의 냄새가 피월려의 코를 찌르기 시작했다. 무영비주가 강압적인 말투로 말했다.

"여기 앉아라."

피월려가 그 자리에 앉자 무영비주는 무영사를 거두지 않은 상태로 벽에 붙은 쇠사슬 고리 부분에 피월려의 발목과 팔목에 두르고 자물쇠를 잠갔다.

덜컹.

무영비주는 피월려의 몸에서 무영사를 거두었다. 그러고는 지금까지 왔던 길로 되돌아 걷기 시작했다. 벽에서 일 장 이상 떨어질 수 없는 것을 제외하면 손이 비교적 자유로웠기에 피월려는 포대를 잡아서 쉽게 머리를 빼냈다. 그가 무영비주의 모습을 포착하였을 즈음에는 어느 한 통로로 막 사라지고 있을 때였다. 그 통로에서 모습을 감춘 무영비주의 목소리가 동공을 울렸다.

"좀 쉬고 있어라. 행여나 빠져나가려 하지 말고."

뚜벅. 뚜벅. 뚜벅.

그의 발걸음 소리가 점차 멀어졌다.

황궁처럼 웅장한 동공은 곧 무음 그 자체가 되었다. 그 침묵의 공간에서는 공기의 진동이 한없이 작아 평소에 듣지 못하는 침묵의 소리가 들리기 시작했다. 고막을 때리며 윙윙거리는 공기의 공명음과 고막에 흐르는 혈류의 심장박동 또한 은은하게 섞였다.

똑똑!

천장의 중심에 모인 물방울이 웅덩이에 떨어지는 소리가 모든 침묵을 지우고 천둥보다 더 크게 들린다.

똑똑!

피월려는 한동안 주위를 둘러보며 상황을 판단했다.

이곳은 어딘가?

살막인가?

어찌 됐든 지금 이곳에서는 살아나가야 한다.

피월려는 우선 손발을 구속하는 쇠고랑을 부딪치며 강도를 확인했다.

깡! 깡! 깡!

묘한 쇳소리가 동공을 가득 채웠다.

단 세 번으로 피월려는 이 짓이 허무한 짓이라는 것을 깨달았다. 그 쇳소리는 자연의 소리와 가까운 맑음과 단단한 쇠의 밀도에서도 느낄 수 없는 묵직함까지 동시에 갖춘 소리였다. 이것을 깬다는 건 내력을 동원해도 불가능할 것이다.

그런데 그것을 깨달은 사람은 피월려뿐만이 아니었다.

"그건 만년한철(萬年寒鐵)이라 하오."

귀신의 목소리라 해도 좋을 만큼 갈라지고 탁한 목소리였다.

소스라치듯 놀란 피월려는 이리저리 목을 돌려가며 주위를 다시 한번 살폈다. 그러나 동굴 벽의 기하학적인 특성 때문인지 피월려는 그 소리의 근원지를 찾기가 매우 어려웠다.

피월려는 침을 꼴딱 삼키고는 말했다.

"누, 누구요? 어디 있소?"

"여기. 여기 있소."

그 귀신 목소리는 전 방향에서 들렸다.

"어디……."

"이곳이오."

"그러니까……."

"내가 보이지 않소?"

다섯 장 정도 떨어진 곳에서 앞으로 엎어져 있던 시체 하나가 손을 들어 양옆으로 흔들고 있었다. 피월려는 손으로 눈을 비비고 다시 보았으나 시체가 분명했다.

"당신도 강시요?"

"뭐요?"

발끈한 말투에 피월려는 괜히 민망해져 말을 더듬었다.

"아, 아니오."

"멀쩡한 사람을 강시로 만들기요? 내 밥을 제대로 못 먹었소만 그 정도는 아니라 생각하오."

"그, 그것이……."

"아니, 그렇잖소. 입장을 바꿔서……."

피월려는 화내는 시체를 상대하고 싶은 마음이 없었다.

"미안하오. 그러니 그만하시오."

"뭐, 그리 말하니 내 더는 아무런 말도 하지 않겠소만, 강시니 뭐니 하는 건 실례요."

피월려는 속으로 한숨을 삼키고는 시체에게 물었다.

"그런데 방금 만년한철이라 한 것은 무엇이오?"

"피 후배는 안목은 좋은 것 같은데 상식이 조금 없는 것 같소. 무영사도 뭔지 잘 모르더니 만년한철도 모르시오?"

피월려는 이 시체의 말투가 어디서 들어본 듯한 묘한 기분이 들었다. 게다가 피 후배니 무영사니 하는 말을 피월려와 안면이 없는 사람이 할 리가 없다. 피월려는 과거를 회상했으나 한 번에 딱 떠오르는 사람이 없었다.

"누구시오? 나를 아시오?"

"실망이오. 정말 모르시겠소? 아무리 내가 가면을 쓰고 있었다고 하나 이 정도 했는데 못 알아……."

가면이라면 떠오르는 사람이 딱 한 명 있다.

"아! 신물주! 신물주가 맞으시오?"

시체, 아니, 신물주는 방긋 웃음을 지었다. 그러나 시체와 같은 몰골의 웃음은 그리 좋아 보이지 않았다.

"후후후, 맞소."

피월려는 신물주가 그 객잔에서 무영비주를 추격하려고 떠났던 것이 기억났다. 아마 무영비주에게 되레 당해서 이곳에 갇히게 된 것이 분명했다.

그 일이 이틀 전이다. 그런데도 한 달은 된 것처럼 머릿속에서 지워져 있다. 황룡검주, 낙양제일미, 극양혈마공, 마성, 예화, 가도무……. 단 이틀 만에 너무나 충격적인 일이 많이 일어났던 탓이다.

신비로운 가면을 썼던 신물주는 뜻밖에도 어디서나 볼 수 있을 법한 평범한 인상이었으나 눈이 퀭하니 깊게 파였고 볼이 홀쭉하여 해골 위에 얼굴 가죽만 남아 있는 것 같았다.

피월려가 물었다.

"어찌 이리된 것이오?"

신물주는 한쪽 입꼬리를 올렸다.

"알면서 묻는 거, 별로 좋은 버릇이 아니오."

"확인하는 것뿐이오. 정말로 무영비주에게 당한 것이오?"

신물주는 쩝 하고 입맛을 다시더니 대답했다.

"그렇소. 객잔에서 입은 내상이 있으니 나 혼자로도 괜찮을 줄 알았는데, 그런 상황에서도 무영비 두 자루를 모두 사용할 수 있었소. 처음에는 하나만 사용하며 마치 다른 하나를 사용하지 못하는 척했고, 내가 자신 있게 큰 동작을 펼쳤을 때 그 허를 찔렸소. 무공도 무공이지만 심계가 깊은 자요."

피월려가 어제와 오늘 무영비주를 만났을 때 그는 거의 아무런 내상도 없는 사람처럼 보였다. 분명 그는 객잔에서 내상을 입었지만 피월려는 그 사실을 인지하지 못했다.

아마 마공의 힘이 아니라면 이틀 만에 그리 몸을 치료할 수는 없었을 것이다.

피월려는 고개를 저었다.

"골치 아프군. 그래서 그 만년한철이라는 것이 무엇이오?"

"쇠는 쇠인데 쇠 같지 않게 강한 쇠를 말하는 것이오. 만 년 동안 얼어붙은 철이라는 명칭을 보면 알지 않겠소? 실제로 만 년은 아니더라도 오랜 시간 동안 연단해야 만들 수 있는 것으로 알고 있소. 또한 기이한 구조로 인해서 물만큼이나 열전도가 느리고 속에 내포하는 열의 밀도 또한 매우 높소. 즉, 가열하고 식히는 것이 매우 느리니 공기 중에서 한번 차가워지면 그 차가움을 오랫동안 잃어버리지 않소. 그렇기에 한철이오."

"강도는 얼마나 강하오?"

"알 수 없소."

"그것이 무슨 말이오?"

"무엇으로 측정해도 만년한철을 이긴 물질이 없으니 그 정확한 강도를 알 수 없지."

"……."

"그런 물건이오. 그런데 이런 음한 곳에 있는 것을 보면 만년한철의 음기를 극대화하여 그 강도를 한없이 끌어 올린 것이 분명하오."

피월려는 손목과 발목에서 느껴지는 한기에 그 말을 제대로 실감할 수 있었다. 보통 쇠라면 벌써 몸의 열 때문에 대부분의 한기를 잃어버렸겠지만, 이 만년한철이라는 쇳덩어리는 체온을 훔치고 훔쳐도 도통 만족할 줄을 몰랐다.

체온도 이기고 차가움을 유지하는 쇠, 만년한철이라는 이름이 아깝지 않았다.

피월려가 물었다.

"그럼 내공의 고수가 내력으로도 끊을 수 없다는 말이오?"

신물주는 어깨를 들썩이며 말했다.

"내가 부술 수 있었으면 여기 있을 리가 있겠소? 만년한철은 내력에 대한 저항력도 상당하오. 그렇지 않다면 지금쯤 만년한철로 된 검이나 도가 최고의 보검으로 자리 잡았을 것이오. 천성적으로 자연의 음기를 그대로 담기에 인간의 몸으로 정제된 내력의 지배를 저항하는 힘이 강력하오. 그러니 강도가 강하기는 하나 내력을 사용하는 무림인의 무기로는 잘 쓰지 않는 것이오."

그렇다면 수가 없다.

피월려는 자리에 털썩 누웠다.

그걸 보던 신물주가 툭하니 내뱉었다.

"잘 생각했소. 방법이 없을 땐 휴식이라도 하는 것이 좋소."

휴식을 이틀만 취했다가는 신물주처럼 시체 꼴이 될 것이다.

피월려는 눈을 감고 방법을 생각하려 했다.

반각이 흐르고, 일각이 흐르고.

반 시진이 흐르고, 한 시진이 흘렀다.

피월려는 소리를 질렀다.

"으아!"

갑자기 울리는 괴성에도 신물주는 별로 반응을 보이지 않았다. 그저 물끄러미 피월려를 올려다보며 읊조렸다.

"내 그 마음 잘 아오."

"……."

"난 자야겠소. 물도 제대로 못 먹어 호흡 하나하나가 아까운 상황이니 잠자는 게 최고지."

신물주는 또다시 쥐 죽은 듯이 조용해졌다. 이대로 죽었다고 믿어도 좋을 만큼 미동조차 없었고, 거대한 동공은 또다시 침묵으로 스며들었다.

피월려는 평소처럼 수련이나 할까 하는 생각을 하며 가부좌를 틀었다. 그러나 가도무가 준 마단을 섭취하지 못한 상태로 운기조식을 한다면 음양의 조화가 틀어질 위험이 있었다. 아무리 동공에 음기가 가득하다고 하지만, 기를 운행한다면 어떻게 될지는 미지수였다.

피월려는 신경질을 내며 가부좌를 풀고 다시 누웠다.

그리고 눈을 감고 잠을 청했다. 하지만 손목과 발목, 그리고 바닥에서 느껴지는 한기와 불안한 심리 상태 등등, 여러 가지로 시달리던 피월려는 깊은 잠을 자지 못했고, 몽계와 현실의 중간을 어정쩡하게 거닐었다.

얼마나 지났을까? 스며들던 햇빛에 붉은색이 감돌았고, 곧 미미한 달빛이 그 자리를 대신했다.

꿈에서 한창 만년한철로 만들어진 눈알을 어떻게 요리하면 진설린에게 잔소리를 듣지 않을 수 있을까에 대한 주제로 황룡과 심도 높은 논쟁을 벌이던 피월려는 아득한 현실 세계에서 전해오는 인기척을 느꼈다. 이대로 꿈을 유지할까 아니면 일어날까를 고민하기를 수십 번, 피월려는 잠에서 깨기로 했다.

피월려의 의식이 수면 위로 올라왔다.

손목과 발목이 차갑다 못해 뼛속까지 쑤셨고, 뒷골은 뻐근했다. 먼지로 인해 흐려진 눈동자를 통해 뿌연 시야가 돌아오기 시작했고, 피월려는 눈을 끔뻑거렸다.

그리고 그는 잠이 확 달아나는 광경을 목격했다.

구미호(九尾狐).

사람의 몸보다 더 큰 꼬리를 아홉 개나 가진 여우 한 마리가 동공의 중앙에 있는 물웅덩이에서 목을 축이고 있었다. 하늘에서 은은하게 비치는 푸른 달빛이 그 오묘한 은빛 털에 반사되어 영롱한 빛을 내었다. 덕분에 동그랗고 신묘한 검은 눈동자와 가끔 내보이는 새빨간 혀가 매우 선명하게 보였다.

피월려는 한동안 숨을 쉬지 못했다.

그 여우가 피월려의 시선을 의식하고 그를 마주 보았다.

여우의 눈동자가 크게 떠지더니 곧 아홉 개의 꼬리로 동그랗게 감싸 안았다. 파르르 떨리는 꼬리의 사이로 여우가 빠끔히 고개를 내밀었다. 사람 몸집만 한 풍만한 꼬리를 벽 삼아 몸을 숨긴 여우의 모습은 마치 어머니의 품으로 숨는 어린 소녀와 같았다.

피월려는 여우에게서 눈을 떼지 못했고, 여우는 다시 꼬리로 숨어들었다. 그러기를 여러 번, 여우는 꼬리의 품속에서 나와 경계심과 호기심이 뒤섞인 눈빛으로 피월려에게 슬금슬금 다가왔다.

그렇게 일 장 정도 떨어진 곳까지 전진했으나 그 이상은 무리였는지 이리저리 살펴보며 아홉 개의 꼬리를 번갈아가면서 피월려의 몸을 찔러보았다.

부드럽고 간질거리는 느낌에 피월려는 움찔하며 몸을 떨었다. 여우가 기겁하며 다시 삼 장 정도로 떨어졌다. 그러고는 매우 불쾌하다는 듯이 자신의 꼬리를 하나하나 앞발로 쓸고 혀로 핥았다.

꼬리의 비이상적인 크기 때문에 매우 오랜 작업이 되었으나 그 여우는 세심하게 하나하나 모두 닦았다. 그러고는 못마땅하다는 눈초리로 피월려를 쏘아보았다.

더러워.

이렇게 말하는 것 같다.

오늘은 어째 온종일 무시만 당하는 것 같다. 아니, 어떻게 보면 낙양에 들어와서 힘껏 어깨를 편 적이 없는 듯하다. 이리저리 끌려다니고, 이용되고, 심지어 기녀인 예화도 무시했다. 새파란 애를 데리고 와서 상냥하다니 뭐라니…….

그 말을 마지막으로 예화는 죽었다.

피월려는 기분이 더러워졌다.

"이젠 영물도 나를 무시하는군."

그런데 갑자기 여우의 눈초리가 변했다.

[무시하는 건 아니에요.]

피월려는 머릿속에서 울리는 목소리에 순간적으로 기이한 느낌을 받는 것과 동시에 소름이 돋는 기분이 들었다. 하지만 곧 마음을 가라앉혔다.

환상이다.

그는 가끔 정신이 노곤할 때마다 용안의 부작용에 따른 환상을 보는 것은 이미 익숙해질 대로 익숙했다. 귀로 소리가 들리는 것이 아니라 머릿속에 울리는 것이니 확실했다.

피월려는 그 여우가 용안이 만든 환상이라 생각하곤 말했다.

"왜 하필 구미호지?"

[네? 하필이요?]

"구미호에 무슨 의미가 있는 건가?"

[무슨 말이에요?]

"아, 아니야. 그나저나 이름이 뭐지?"

[아저씨는 이름이 뭔데요?]

"나는 피월려."

[전 아루타예요.]

"아루타? 그게 이름이야?"

[네.]

예화, 혹설, 설린이나 린지 등을 생각했던 피월려는 조금 어려워진 느낌이 들었다. 그의 무의식이 구미호로 형상화한 사람이 누군지 좀 더 알아보려고 피월려는 계속해서 물었다.

"아루타는 여기서 뭐 하니?"

[당연히 물 먹으러 왔죠. 그런데 하나만 물어봐도 돼요?]

역으로 뭘 물어볼지는 생각하지 못했던 피월려는 얼떨결에 고개를 끄덕였다.

"뭐, 물어봐."

아루타는 조금씩 피월려에게 다가와서 반 장 정도 위치한 곳에 섰다. 아홉 꼬리의 끝이 한번 공중에서 출렁이더니 몸을 중심으로 원형을 이루며 땅에 기둥처럼 섰고, 그 힘을 받은 아루타의 몸이 위로 붕 떠올랐다. 마치 공중 부양을 하는 요선과 같은 움직임이었다.

아루타는 피월려의 코앞까지 다가왔다. 서로의 숨결이 느껴질 정도다. 피월려는 아루타의 눈을 가까이서 보게 되었고, 그 속에 있는 짐승의 눈동자를 보았다.

흰자위가 없는 신묘한 흑안(黑眼)은 눈을 가득 채우고 있었다.

세로로 찢어진 뱀의 눈과는 또 다른 공포를 주는 느낌이다.

아루타가 말했다.

"왜 날 안 무서워해요?"

피월려의 얼굴에서 급격하게 핏기가 가셨다.

"지, 지금 마, 말했어?"

머릿속에 울리는 말이 아닌 소리를 통한 말이다. 현실과 환상의 경계가 미묘하게 틀어졌고, 피월려는 잠시 혼란에 빠졌다.

아루타의 눈이 반달처럼 그려졌다. 한낱 짐승이 비웃음을 표현한 것이다.

그녀의 몸은 점차 멀어졌고, 곧 원래의 자리로 돌아갔다. 아홉 꼬리를 뒤쪽으로 늘씬하게 늘어뜨렸다. 아루타는 앞발을 교차시키고는 그 위에 턱을 받쳤다.

[호호호, 방금 무서웠죠?]

"……."

[인간계에는 구미호가 사람의 간을 먹는다는 속설이 있잖아요. 덕분에 제 꼬리만 보면 소스라치게 놀라면서 도망치는 게 재밌기는 하지만……. 축생계에서 구미호처럼 온순하고 고귀한 요괴가 어디 있다고 그런 추한 평이 뒤따르는지 모르겠어요. 근데 아저씨는 처음 봤을 때 안 놀라던데요? 신기하네요.]

"그야… 뭐, 전부터 많이 봤으니까."

[요괴를요? 정말로?]

환상을……

피월려는 왠지 모를 위화감에 말을 삼켰다.

"으응……."

[우아! 그러셨구나. 에헤헤, 재밌다. 전 꼭 인간이랑 대화하

고 싶었거든요. 오늘 밤에 계속 여기 있으면 안 돼요?]

피월려는 손목을 앞으로 보여주며 말했다.

"오늘 밤뿐만 아니라 평생 있을 수도 있을걸."

[앗? 그건 뭐예요?]

아루타는 호기심 어린 눈빛으로 피월려의 손목에 달린 쇠고랑을 보았다. 아마 쇠고랑이 무엇인지 모르는 모양인 것 같았다.

"손과 발을 구속하는 거야. 다른 데 못 가게 하는 거지."

[아! 인간이 동물을 잡을 때 쓰는 밧줄 같은 거군요?]

피월려는 고개를 끄덕이며 대답했다.

"맞아. 이건 인간이 인간을 구속할 때 쓰는 거지. 그런데 혹시 요술 같은 거 부릴 줄 알아?"

[자랑은 아니지만 조금 해요.]

아루타는 자신이 굉장히 뿌듯한 듯했다.

피월려는 웃었다.

"그러면 이거 풀어줄 수 있니?"

[흠……. 한번 해볼게요! 그 대신 오늘 밤은 여기서 나랑 얘기하는 거예요!]

"알았어."

아루타는 신이 난 듯 피월려에게 다가왔다. 그러고는 아홉 꼬리를 번갈아 가면서 쇠고랑을 툭툭 건드렸다. 두 꼬리로 비비기도 하고 킁킁거리며 냄새를 맡기도 했다. 그러기를 한 다경, 아루타는 실망스럽다는 눈빛을 하며 풀이 죽은 듯이 뒤로 물러났다.

[안 되네요.]

피월려의 눈빛이 낮게 가라앉았다.

환상을 대할 때 가장 중요한 사실은 결국 현실이 변하지 않는다는 것이다. 이러쿵저러쿵 중간 과정은 그럴듯하게 펼쳐지지만 결국 변하는 것은 없다.

아까 전 아루타가 말을 했다는 것과 낙하강에서 마주했던 용과의 일 때문인지 이런 것이 단순히 용안의 부작용이 아닐 수도 있다는 생각이 들었다. 그러나 피월려는 아루타가 환상인 것을 다시 한번 재확인했다.

어찌 됐던 상황은 그대로이다.

그렇다면 아루타가 말을 한 것처럼 들린 것은 착각인가? 환상의 수준이 이제는 현실과 완전히 구분할 수 없는 지경까지 이르렀는가?

조금은 불안한 마음이 생긴 피월려는 슬그머니 두 팔을 베개 삼아 누워 동굴의 천장을 바라보았다.

달빛의 반사광이 포근한 색을 띠며 눈을 즐겁게 했다.

아루타는 그런 피월려에게 가까이 다가와서 물었다.

[인간은 뭐 해요?]

어린 여우가 한 것이라 하기에는 너무 형이상학적인 질문이다. 피월려는 말문이 순간 막혔다.

"어, 그러니까, 흠, 글쎄. 그냥 살지."

[그냥 산다는 게 뭐예요. 좀 더 자세히 말해봐요.]

"태어나서 자라고, 짝을 찾아 결혼하고, 아이를 기르고 늙어서 죽어."

별것 아니지만 아루타는 정말로 놀랐다.

[우아! 근데 그걸 백 년 안에 다 하는 거예요? 어떻게 그 짧은 시간에 그걸 다 하죠?]

피월려는 피식 웃었다.

"백 년도 안 돼. 대부분 한 갑자도 살지 못하고 생을 마감하지."

[우아! 인간은 정말 바쁘게 살아야겠네요.]

피월려는 잠시 고민했다.

"바쁘게라……. 그럴지도 모르겠네. 구미호는 얼마나 사는데? 천 년?"

[태어나는 데까지가 천 년이에요. 이제 슬슬 자라볼까 생각하는 저로서는 자라고, 짝을 찾고, 결혼하고, 아이를 기르고 늙는 시간까지는 모르겠어요.]

"너… 몇 살이야?"

[짐승으로 오십 년을 살다가, 이상한 것을 먹고 수명이 연장

되어서 천 년을 살게 되었죠. 그렇게 깨달음을 얻어서 구미호가 되고 지금 이백오십 년 정도 됐어요. ]

"천삼백 년을 산 거네? 천 년 전 세상은 어떤데?"

[처음 기억은 이백오십 년 전이에요. 제가 말씀드렸잖아요. 구미호로 태어나기까지가 천 년이 걸린다니까요. 짐승일 때 기억은 없어요.]

환상은 무의식의 산물이다.

피월려가 천 년 전의 세상을 모르는 한, 그의 환상이 그것을 알 리 없었다.

그는 혹시나 하는 마음에 좀 더 물어보기로 했다.

"그럼 이백오십 년 전은 기억해?"

[물론이죠.]

"이백오십 년 전이면 대운제국(大雲帝國)이 건국될 때군. 아마 환나라가 멸망한 이후, 전란의 시대 아닌가? 전 중원이 피바다로 물들 시기에 태어난 거네."

현 중원을 지배하는 대운제국은 대략 이백오십 년 전에 태조 혈운제(血雲帝) 유건에 의해서 건국되었다. 그는 삼백 년 전에 환나라가 멸망하고 전 중원이 수십, 수백 개의 나라로 찢어진 전란의 시대에 태어나 모든 중원을 정복하고 다시 한번 제국을 세운 위대한 장군이자 태평성대를 이끈 황제였다. 그러나 그의 손에서 흐른 피의 숫자가 백만을 훌쩍 넘기니 전란의 시대에 얼마나 많은 시산혈해를 이뤘는지는 짐작도 할 수 없었다.

[그때는 너무 많은 피가 흐르고 죽음이 발생해서 육도의 경계가 없었어요. 인간계가 수라계보다 더 치열해지고 지옥계보다 더 고통스러웠고 축생계보다 더 기이했어요.]

"그때의 무림인들은 어떠했을까 궁금해지네. 전란의 시대이니 무공을 사용하는 자들은 모두 장수가 되었겠지. 황실과 무림이 서로 관여하지 않는 이 세상과는 매우 달랐을 것이야."

[그건 저도 몰라요. 그때는 용들도 숨죽이고 살았거든요.]

용이라는 말에 피월려는 용조라 불렸던 그 암살자를 기억하고는 아루타를 돌아보며 되물었다.

"용? 용을 알아?"

[당연히 알죠. 축생계의 일원인 제가 축생계의 지배자를 모르겠어요?]

피월려는 갑자기 흥미가 돋는 것을 느꼈다.

"그렇다면 혹시 여기 낙양 주변에 사는 용을 아니?"

[그건… 말 못 해요.]

"왜?"

[인간들이야 관심도 없겠지만, 요즘 사방신들께서 투기가 하늘을 찌르시거든요. 평소와는 비교도 할 수 없을 정도로 강한 살기가 축생계를 뒤덮고 있어서 그 누구도 그들의 위치나

행동을 언급하면 죽어요.]

"사방신들이 전쟁이라도 해?"

[그럼요. 매 순간 해왔죠. 그런데 그것을 제재해 오신 황룡께서 무슨 일이 있는지 요즘에 잠잠하시거든요. 사방신께서는 서로 눈치만 보다가 슬슬 거동을 일으키실 것 같아요.]

사방신이 무엇을 의미하는지는 모르겠지만, 황룡은 아마도 황룡무가를 뜻하는 것일 것이다. 무의식적으로 황룡세가의 패망을 이렇게 표현하는 것이라고 믿은 피월려는 잠시 생각에 잠겼다.

말이 없는 피월려를 고개를 기우뚱기우뚱 하며 보던 아루타는 기지개를 쩍 켜며 몸을 부르르 떨었다.

[하암! 이대로 잘 거예요? 나랑 말 안 해요?]

피월려는 쓴웃음을 지었다.

환상과 대화하며 무의식적인 사고를 인지하려 했지만, 이건 더 미궁 속으로 빠지는 기분이었다.

"너무 피곤해서 그러는데, 내일 밤에 다시 이야기하면 안 될까? 내일은 해가 뜰 때까지 옆에 있을게."

아루타는 피월려의 몸 위에 기어 올라와 그의 가슴팍을 앞발로 쉭쉭 긁었다.

[뭐예요, 재미없게?]

"인간은 원래 밤에 자는 거야. 몰랐어?"

[너무하네.]

"내일 보자, 내일."

[흥! 알았어요. 그 대신 꼭 얘기해야 해요?]

아루타는 퍽 하고 피월려의 가슴을 한 번 때리고는 아홉 개의 거대한 꼬리를 휘날리며 동굴 구석 쪽으로 갔다. 가는 도중에 여러 번 피월려를 뒤돌아보았으나 피월려는 고개를 미동도 하지 않고 위를 바라보며 손 하나만 들어 흔들고 있었다.

아루타는 불만 어린 눈빛을 하더니 곧 몸을 감추었다.

피월려는 잠이 오지 않는 밤을 새우며 아루타가 한 말을 하나하나 분석하면서 시간을 보냈다. 그러나 두 시진 후, 아무것도 알아내지 못한 채 결국 지쳐 잠들었다.

\*           \*           \*

피월려는 일어났다.

그러나 무슨 이유인지는 알지 못했다.

스스로 일어난 것인지, 악몽에서 깨어난 것인지, 누군가 깨운 것인지 아무것도 인지하지 못하는 백지상태로 눈만 말똥말똥 뜨고 있었다.

처음 감각에 잡히는 건 입안에 느껴지는 피 맛이었다. 입속 어딘가가 찢어졌는지 익숙한 혈향이 혀와 코를 찔렀다. 그다음에는 턱과 볼이 아파왔다. 얼얼한 느낌의 고통이 보이지 않는 지평선에서 점점 드러나는 배의 깃발처럼 서서히 현실화되었다.

얼굴 근육을 조금 움직였더니 볼이 상당히 부어 있음을 느낄 수 있었다. 그는 어떻게 잠에서 깨어났는지 깨달았다.

뺨을 맞은 것이다.

그렇다면 누군가가 당연히 때렸을 것일 테고, 자유롭지 못한 신물주는 그럴 능력이 없으니 그 누군가는 분명히 이 동굴의 피해자보다는 가해자에 가까울 것이다.

피월려는 손을 들어 얼굴에 가져갔다. 역시 볼이 퉁퉁 부어 있었다.

"무영비주, 무슨 일이지?"

피월려의 목소리가 동굴을 울리자 그의 눈앞에서 무영비주가 얼굴을 들이밀었다.

"잘 잤나? 아주 잘 자더니 일어나는 법을 까먹었더군. 그래서 내가 좀 도와줬지."

"고맙군. 다음부터는 사양하지. 그래서 무슨 일이지? 살막의 인물이 온 건가?"

"아아아, 그게 아니라, 뭐랄까, 계획이 좀 변경됐어. 그래서 그냥 부탁 하나 하려고."

피월려는 피 섞인 침을 딱 뱉으며 자리에서 일어나 앉았다.

무영비주는 그의 앞쪽에 쭈그려 앉아 있었는데, 양어깨 위로 춤을 추듯 움직이는 두 개의 무영비가 매우 느릿한 속도로 스스로 존재감을 드러내었다.

일종의 무력시위였다.

몸 상태도 최악인 데다가 검도 없고 손발이 묶인 피월려가 감당할 수 있는 무력이 아니었다. 피월려는 어깨를 으쓱하며 말했다.

"부탁? 그거 신기하군. 내게 뭐든 요구해도 될 텐데, 부탁을 하겠다?"

무영비 두 자루가 갑자기 공중에서 사라짐과 동시에 무영비주는 앉은 자리에서 일어났다. 그러고는 시체와 같은 신물주에게 걸어가 열쇠를 꺼내 피월려에게 보여주었다.

"신물주를 풀어주지. 그리고 네게도 살길을 제공하겠다."

"……"

"그 대신 내 부탁을 들어주면 된다."

피월려는 다시 벌러덩 누웠다.

"좋다."

무영비주는 의심스러운 표정을 지었다.

"내 부탁이 뭔지 아는가?"

"지금 이 상황에서 네가 나에게 요구하는 것이 아니라 부탁하는 것이면 뻔하지. 비도혈문이 원하는 것은 살막과 천마신교가 척을 지지 않는 것 아닌가?"

"정확하군."

"우선 신물주를 풀어줘."

무영비주는 손가락만 한 작은 열쇠를 꺼내어 신물주의 손 발의 쇠고랑을 모두 풀어내었다. 철컹거리는 메아리가 모두 사라지기도 전에 신물주는 갑자기 무영비주에게 달려들며 기습했고, 무영비주는 이미 다 알고 있었다는 듯이 손쉽게 몸을 움직이며 신물주의 공격을 피해내었다.

삼 일이란 시간 동안 물 한 모금 제대로 먹지 못한 신물주 는 그 실력이 범인 수준으로 떨어져 있었고, 그런 움직임을 무 영비주가 감당하지 못할 리 없었다.

헛된 손짓 발짓이 난무하는 반 다경이 흐르고, 신물주는 거 친 숨결을 연거푸 토해내었다.

"헥헥헥!"

촌극이라도 보는 듯이 재밌게 감상하던 피월려는 신물주에 게 짤막한 감상평을 남겼다.

"솔직히 추하오."

신물주는 퀭한 눈으로 피월려를 한번 흘겨보았다.

"저 개새끼… 를 한 대도 못 때린다면… 내, 내가… 헥, 헥, 헥."

무영비주는 어깨를 들썩였다. 그리고 단 두 걸음만에 신물주의 코앞으로 접근하더니 그의 목을 내려쳤다. 신물주는 흰 자위를 보이면서 털썩 쓰러졌고, 무영비주는 그를 들어 어깨에 메며 말했다.

"천마신교와 더 척을 지는 것은 비도혈문에서도 원하는 것이 아니니까. 이자 또한 천마신교의 인물인 것을 알았다면 이렇게 내버려 두지 않았을 것이야."

피월려는 마음속에서 피어나는 비웃음을 숨기지 않았다.

"하루 만에 사람이 바뀌었군. 무슨 생각이 든 것이지?"

"황룡세가의 일, 천마신교가 했다는 것을 들었다. 그뿐이다."

피월려는 그 말에서 난생처음으로 묘한 느낌을 받았다.

떠돌이 생활을 하며 이런저런 문파에 기생한 적은 있으나 그 문파의 일원으로 활동한 적은 한 번도 없다. 그러니 문파의 비호를 받는 일도 없었다. 오랫동안 홀로 산 피월려는 천마신교라는 이름 아래 소속된 자신이 낯설기만 했다.

피월려가 말했다.

"내가… 말을 해두지."

"……"

"물론 멀쩡히 살아 돌아간다면 말이야."

"좋다. 그러면 교섭 성립이군. 이건 작은 선물이다."

무영비주는 무언가를 피월려에게 내밀었다. 피월려는 그의 손을 의심스러운 눈초리로 바라보며 한 손으로 받아보았다.

좋은 향을 풍기는 검은색의 단환이었다.

피월려가 물었다.

"이건 뭐지?"

"음기가 강한 단환이다. 몸 상태를 호전하는 건 이것으로 충분할 것이다."

"큭큭큭. 그러기에 왜 내 것을 먹어서 또 돈을 쓰나?"

"비도혈문에도 비슷한 것이 있다. 돈 쓴 적 없어. 어쨌건 그럼 자세한 내용을 이야기하지."

그렇게 피월려와 무영비주는 오랜 시간 동안 대화를 나누었고, 무영비주는 돌아갔다.

# 제십이장(第十二章)

하남성 잠사는 이름도 없는 이 동굴이 싫었다.

살수 생활을 사십에 은퇴하고 환갑에 잠사라는 지위를 얻기까지, 죽음의 위기가 찾아온 횟수는 손가락, 발가락을 다 써도 못 셀 정도로 많았다. 그 때문인지 그는 단 한 번도 홀로 밖에 나간 적이 없었다. 적어도 한 명, 많게는 여덟 명까지 항상 후배 살수의 호위를 받아야만 안심하고 집 밖으로 나갈 수 있었다.

그러나 이 동굴은 살막에서도 일류살수가 아닌 이상 절대 알아서는 안 되는 기밀 중의 기밀이기에 아무나 호위로 쓸 수 없었다. 호위를 쓰려면 일류살수를 데리고 와야 되는데, 그들은 살막 내에 소속된 것이 아니기 때문에 따로 고용해야만 했다.

즉, 한 번 올 때마다 돈이 나간다.

한 손에는 돈 자루를 쥐고 한 손에는 검을 쥔 사내가 고개를 끄덕거리며 뒤를 따르자 잠사는 얼굴을 잔뜩 찌푸리며 산길을 걸었다. 다른 일류살수 모두가 시간이 없는 오늘, 오로지 이 남자만이 최근에 의뢰에 실패하여 위약금을 물고 할 일이 없던 탓이었다. 잠사는 그 실력만큼은 잘 알기에 그를 호위로 데려왔지만 그래도 영 내키지는 않았었다.

동굴의 입구를 통해서 그 안의 동공(洞空)에 도착하기까지 그 둘은 단 한마디의 말도 섞지 않았다.

잠사는 손발이 모두 구속된 피월려를 보고는 씹어 내뱉듯 말했다.

"결국 항상 잡히면서 왜 그 지랄을 떨어서 사람을 난처하게 만드느냐?"

피월려는 잠을 청하고 있었기에 아무런 대답도 하지 않았고, 잠사는 그에게 반 장 거리까지 다가와서 잔뜩 경계하는 눈빛으로 짤막한 단검을 꺼내 들었다. 그러고는 뒤의 사내에게 말했다.

"허튼짓하면 죽여 버려. 알았지?"

그 남자는 검집에서 검을 꺼내며 날카로운 검명을 음미했다.

"죽이지는 못하오. 그러나 팔 하나 정도는 베어버리겠소."

그가 말한 의미는 다른 이유로 죽이지 못한다는 것이었으나 잠사는 피월려가 황룡환세검공을 가지고 있기 때문에 죽이지 못한다고 말하는 것으로 생각했다.

"그래, 그래. 황룡환세검공을 토해내기 전까지는 절대 죽이면 안 되겠지. 어쨌거나 두 눈 똑바로 뜨고 있거라."

잠사는 짤막한 단검을 피월려의 목에 들이댄 상태로 열쇠를 꺼내 피월려의 왼쪽 손목에 있는 쇠고랑을 풀어내었다.

철컹!

바닥에 부딪친 쇳소리에 피월려는 잠에서 번뜩 일어났고, 곧바로 목에서 느껴지는 서늘한 예기에 온몸이 굳었다. 눈을 돌려 아래를 보니 잠사의 눈동자가 마주하고 있었다.

늙은 살수답게 수백을 죽여야 얻을 수 있는 진하디진한 살기가 그 속에 감돌았다.

"가만히 있거라."

"칫."

피월려는 상황이 판단되자마자 어찌할 수 없다는 것을 느끼고는 포기한 듯 눈을 감아버렸다.

잠사는 피월려의 차가운 손목에 손가락을 대어보았고, 만년한철의 한기와 함께 피월려의 몸속의 내기를 살폈다.

맥박이 심히 기이하다.

두 번, 세 번 신중하게 살핀 잠사는 곧 안심하고는 단검을 다시 속에 집어넣고 피월려의 팔다리를 모두 풀어주었다. 그러나 피월려의 몸은 송장처럼 굳은 채 움직이지 않았다.

"무영비주가 일을 제대로 처리했군그래. 고문의 흔적이 없는 걸 보면 비도혈문에서 딴생각을 품지는 않은 것이고. 이제야 좀 일이 풀리는군."

잠사는 뒤에 있는 남자에게 손짓했고, 그 남자는 검을 검집에 집어넣고는 피월려의 몸을 들어 어깨에 메었다. 잠사와 남자, 그리고 피월려는 그렇게 동굴을 나섰다.

그렇게 입구에 다다른 순간, 어두운 곳에 있다가 쨍쨍한 아침 햇살이 눈시울을 따갑게 하니 잠사는 손을 들어 눈을 가렸다.

눈이 아려오는 고통은 감각기관의 용량 대부분을 잡아먹었고, 다른 감각이 현저하게 낮아졌다. 따라서 잠사는 목 뒤를 노리는 찌릿한 살기조차 간파하지 못했다.

갑자기 다리에 힘이 풀려 버려 시야가 흐릿해졌다.

잠사는 이 느낌을 잘 알았다.

'젠장!'

그러나 이미 늦었다.

뒷목에서 고통이 한 박자 늦게 도착했고, 잠사는 안간힘을 쓰려 했으나 몸의 힘이 모두 풀려 꺾인 가지처럼 쓰러졌다.

손날로 잠사에게 가벼운 뇌진탕을 선사한 피월려는 팔꿈치로 다른 사내의 관자놀이를 노렸다. 그러나 그 사내는 잠사가 공격당하는 것을 본 직후라 본능적으로 방어 태세에 돌입했다.

팔꿈치와 손바닥이 부딪쳤고, 피월려는 다리를 돌려 몸을 회전하며 왼손으로 공격했다. 그 남자도 다리를 벌려 자세를 낮추며 피월려의 신형으로부터 몸을 떨어뜨렸다.

피월려는 공중에서 뱅그르르 돌면서 반 바퀴당 한 번의 주먹과 손날로 공격했고, 남자는 역시 주먹과 손바닥으로 방어해 냈다.

팟! 팟! 타핫! 파핫!

연거푸 살과 살이 맞닿는 소리가 끝날 쯤에 잠사는 정신의 끈을 놓쳤다.

회전하는 피월려의 몸이 땅에 닿을 무렵 그 남자는 검집에 손을 가져갔다. 그 즉시 뽑아내려는데, 한쪽 다리로 땅을 박차고 정권 자세로 돌진하는 피월려를 보고 발검을 멈췄다. 피월려는 이미 너무 가까이 와 있었다.

그 남자는 양손으로 검집째 횡으로 휘둘렀다. 그러나 떨어지는 중력과 돌아가던 회전력을 모조리 탄력으로 받아낸 피월려는 그것보다 더욱 **빠른** 속도로 품 안으로 파고들었고, 사내의 검경보다 안쪽에 도착할 수 있었다.

사내는 내키지 않았으나 어쩔 수 없이 검을 놓았다.

초접근전은 그렇게 시작됐다.

타악! 팟! 팟! 파앗!

옷깃조차 스칠 만한 작은 공간 안에서 공기를 뜨겁게 달구는 강한 공격이 시공간을 치밀하게 메웠다. 팔다리뿐만 아니라 팔꿈치, 무릎, 머리까지 인간이 가진 모든 골격은 무기가되었고, 장대비가 하늘에서 내리듯 서로 상대방에게 공격을 쏟아부었다.

간발의 차이로 스치는 공방 때문에 피월려와 그 사내의 얼굴과 손에서 피부의 층이 한 꺼풀씩 벗겨져 나갔고, 옷깃은 여기저기가 검게 그을리며 타들어갔다. 열 손가락의 모든 손톱은 하나하나 깨졌으며, 쉴 새 없이 움직이는 눈동자는 붉게 충혈되었다.

그들의 공격과 방어에는 내력이 담겨 있지 않았다. 그들의 움직임이 너무나 빨라 내력이 따라오지 못하는 것이다. 주먹을 쓰는 권사라면 모를까, 검공을 익힌 두 사내에게는 이 정도 속도의 공방에는 내력을 담는 것이 익숙하지 않았다. 오로지 속도에만 치중하는 것도 벅찼다. 그러다 보니 무공의 실력이나 성향보다는 본래부터 가지고 있던 순수한 무인의 반사신경이 승패를 가르게 되는 가장 중요한 요인이 되었다.

팟! 파핫!

공방의 소용돌이 속에서 감긴 용안이 서서히 떠진다.

단 한순간의 잡생각이 상처로 현실화되는 마당에 피월려는 슬그머니 발동되는 용안을 자각하지 못했다. 생각의 여유가 있었다면 용안을 억지로 억눌렀겠지만 지금은 그럴 정신이 없었다.

팽팽했던 싸움이 점차 피월려 쪽으로 기울기 시작했다.

한 번의 호흡도, 한 번의 눈 깜박임도 패배로 직결되는 상황에서 상대방의 움직임을 읽어 즉시 분석해 내는 용안의 위력은 두 사람의 격차를 확실하게 만들어내었다.

두 사람의 얼굴에 땀방울이 가득 찰 때쯤, 용안으로 생기는 작은 차이 하나하나가 모여 하나의 큰 수가 되었다. 피월려의 엄지가 우연히 그 사내의 목젖을 크게 쓸며 지나간 것이다. 숨이 턱 막히는 듯한 느낌을 받은 사내는 움직임이 둔해졌다. 그 허점으로 피월려는 시간을 벌었다.

주먹에 제대로 무게를 담을 만한 시간을.

퍽!

사내는 겨우 손을 들어 막았지만, 그런 가벼운 손길로 묵직한 피월려의 주먹을 온전히 막을 수는 없었다.

그 사내는 공중에서 한 바퀴를 돌며 땅에 곤두박질쳤다. 그 몸이 땅에 끌리며 생기는 마찰에 의해서 멈추기도 전에 피월려는 득달같이 따라가서 주먹으로 그 남자의 관자놀이를 노렸다.

그런데 그 남자의 얼굴을 보는 순간 피월려는 내리꽂던 주먹을 가까스로 다스려 옆으로 비껴내었다.

쿵!

땅의 울림과 함께 느껴지는 고통은 이루 말할 수 없었다. 애써 손을 털면서 참아내던 피월려는 다행히 다른 손으로 그 남자의 목을 움켜쥐는 것을 잊어버리지는 않았다.

피월려가 말했다.

"용조?"

피월려의 손가락은 정확하게 사혈을 압박하고 있었다. 그 사내는 패배를 인정하며 투기를 거뒀다.

"맞다. 하루 하고 반나절 만이군."

용조.

낙하강에서 용의 날개를 보여주었던 그 살수가 맞았다. 피월려는 잠사와의 볼일을 모두 잊어둔 채 용조의 사혈을 지그시 누르면서 으르렁거렸다.

"내가 얼마나 만나고 싶었는지 아오?"

"나로서는 감히 상상할 수도 없겠군."

피월려도 용조도 썩 보기 좋지 못한 미소를 지었다.

"여동생은 어디다 두고 혼자 다니오?"

"글쎄. 왜? 소개해 줄까? 용안의 주인이 매제면 나도 나쁘지 않지."

피월려의 눈동자가 빛을 내었다.

"용안의 주인이라……. 재밌는 표현이었소. 내가 전에 본 그 사술(邪術)은 무엇이오?"

"사술이라니, 격이 낮군. 어리석은 인간들이 알 만한 것이 아니지. 용의 것이다."

"미쳤군."

용조는 볼을 씰룩거리면서 경멸을 표했다.

"정말 그렇게 생각하나? 내가 미쳤다고 생각해? 큭큭큭."

피월려는 용조의 눈동자가 찢어지며 점차 황색으로 변하는 것을 보았다. 인간의 눈동자와는 판이한 뱀의 눈동자는 인간의 살기와는 또 다른 살기를 품고 있었다.

피월려는 손아귀에 힘을 주었다.

"죽기 싫음 눈 감아."

정신을 뒤흔드는 사술의 대부분은 눈으로부터 시작한다. 내우주와 외우주가 소통하는 통로가 바로 눈이기 때문이다. 피월려는 사술에 걸리고 싶은 생각이 없었고, 따라서 용조의 눈을 봉해야만 했다.

목에서 참을 수 없는 고통을 느낀 용조는 순순히 눈을 감았다. 그러자 피월려는 힘을 뺐고, 용조는 나지막하게 중얼거렸다.

"축하한다. 이제 내력을 쓸 수 있나 보지?"

용안도 단번에 알아보더니 이제는 내력의 유무까지 꿰뚫어 본 것이다. 피월려는 의심스러운 눈초리로 그를 보았다.

"그걸⋯ 어떻게 알았지?"

"인간의 근력이 용의 것과 호각을 이룰 수 있는 이유라면 오로지 내력뿐이지. 그런데 한계에 가까운 몸의 속도를 따라 움직이는 내력의 속도라? 신공 중의 신공을 익혔군그래."

피월려는 내력을 움직이기는커녕 제대로 사용할 줄도 몰랐다. 그 때문에 애초에 초접근전을 유도하여 내력의 활용도를 극도로 낮춘 것 아닌가?

피월려는 뭔가 이상함을 느꼈지만, 첫 질문의 답도 얻지 못했는데 다른 질문의 답을 얻을 수 있을 리가 없었다. 그가 위협적으로 말했다.

"농담은 그만하고 내 질문에나 대답해라. 내가 내력을 얻은 것을 어떻게 안 거야?"

"대답은 이미 했다. 그날 낙하강에서 검을 놓친 것을 기억하지 못하나 보지?"

"말할 생각이 없나 보군."

"큭큭큭."

용조는 싱긋 웃기만 했다.

피월려는 옆에 누워 있는 잠사와 용조를 번갈아보며 우선순위를 생각했다.

답은 즉시 나왔다.

그가 말했다.

"용안을 써버리다니, 덕분에 작심삼일하고 말았어. 고맙군."

그 말을 끝으로 피월려는 미련 없이 손가락을 구부렸다.

그런데 이상하게도 질긴 악어의 피부를 누르는 것과 같은 느낌이 났다. 피월려는 손끝에서 느껴지는 어색한 감각에 용조의 얼굴을 주시했는데, 그의 얼굴은 절대로 죽어가는 사람의 얼굴이 아니었다.

우드득!

그의 목뼈가 부러지는 소리가 들렸고, 용조는 고개를 떨어뜨렸다. 괜스레 긴장한 피월려는 찜찜한 기분이었으나 목뼈가 부러진 이상 누구라도 살아나는 것은 불가능하다. 그는 땅 위에 아무렇게나 떨어진 용조의 검을 들고는 신음을 흘리며 간질병자처럼 온몸을 떠는 잠사를 보았다.

숨이 넘어갈 듯한 그 와중에도 잠사는 피월려가 다가오는 것을 곁눈질로 지켜보고 있었다.

여러 가지 감정이 뒤섞인 그 눈빛을 마주 보며 피월려는 체온을 식혔다.

"하… 후……."

한 번의 긴 심호흡과 더불어 감정을 죽였다.

그의 눈빛이 곧 썩은 것처럼 변했다.

　　　　*　　　　　*　　　　　*

　피월려는 십 년이 넘는 세월을 무림에 빼앗겼다.

　가업을 이으며 여자와 사랑을 나누고 결혼을 준비하여 가
정을 꾸리는 등의 소소한 일상은 무림인으로 살아온 그에게
있어서 환상과도 같다.

　그러나 세월은 모두에게 공평하고 어떠한 경험이라 할지라
도 분명히 얻는 것이 있다. 피월려가 무림인의 삶에서 얻은 수
많은 것 중에는 아주 좋은 고문 기술도 있었다.

　까악! 까악!

　밝은 햇살이 쨍쨍거리는 한적한 숲, 검은 까마귀가 울었다.

　산림 속에 대자로 뻗은 잠사는 허탈감에 빠져 허우적거렸
다. 그는 참으려 했으나 시선은 다시 아래로 향했다. 그의 배
꼽 아래 위치한 단전 부분의 옷이 빨갛게 젖어 있었다.

　뇌진탕으로 몸을 가눌 수 없을 때, 피월려가 꽤 긴 시간 공
을 들여 그의 단전을 제거한 것이다.

　기혈의 심장과도 같은 단전이 부서지면 엄청난 고통을 느끼
며 죽어가는 것이 다반사인데 고통이 전혀 없었다. 단지 나른
한 기분과 함께 온몸에 힘이 하나도 들어가지 않았을 뿐.

　숨을 들이쉬고 내뱉는 것조차 힘이 들었다.

까마귀 두 마리가 그의 시야에서 사선을 그으며 날아올랐다.

"어떻게 고통도 없이 단전을 도려낸 것이지?"

검을 살피면서 상한 곳이 없나 확인하던 피월려는 행동을 멈추지 않은 채 말했다.

"이상하군. 고문을 눈앞에 두고 그런 궁금증이 드는 것이오? 역시 살문의 잠사는 배포도 남다르군."

피월려의 목소리는 고저가 없이 일정했다. 잠사는 그런 목소리를 잘 알았다.

감정이 일절 섞이지 않은 소리.

잠사는 웃었다.

"그 목소리를 들으니 정말 날 고문할 생각이군. 정말로… 살막의 잠사를 고문할 생각이야. 내가 자네보고 배포가 남다르다 했는가? 취소하지. 자네의 배포는 독보적이야."

"칭찬은 고맙소."

잠사는 눈을 감았다.

"혹시 가족은 있나? 어머니? 아버지는? 혹시 형제는 있나?"

"……."

"아들은? 뭐, 그 나이에는 있을 법도 한데 말이야. 아들은 없어? 딸은?"

"……."

"이제부터 무슨 일이 일어날지 내가 말해주지. 네가 아는 모든 인간은 이제 죽어. 부모든 형제든 친구든 누구든 간에 너와 인연의 실이 맺어진 모든 인간……. 으아악!"

잠사는 말을 더는 잇지 못하고 괴성을 질렀다.

피월려는 잠사의 허벅지에 꽂힌 검을 잡고 뼈를 그으면서 살포시, 그리고 천천히 뽑았다. 잠사는 정신이 녹는 엄청난 고통에 소리 없는 비명을 질렀다.

피월려는 잠사의 옷을 찢어서 그 다리를 묶으며 무뚝뚝하게 말했다.

"그런 협박이 통할 것으로 생각했소? 부모 형제는 이미 과거일 뿐이오."

잠사는 쥐어짜는 듯한 표정을 지었다.

"잠시… 잠시……."

피월려는 검을 찔러 넣으려던 손길을 멈췄다.

"말씀하시오."

"뭐든 다 말하지. 무슨 질문이든 아는 대로 다 말하겠다."

살막의 잠사가 검 한 번 쑤셨다고 입을 열리라고는 전혀 예상하지 못했던 피월려는 의심스러운 눈빛으로 잠사를 노려보았다.

"무슨 수작이오? 잠사의 입이 이렇게 싸다니."

잠사는 고통을 참아내며 말했다.

"하오문 원로의 시체를 살폈을 때 삼통고(三痛拷)의 흔적을 발견했었다. 설마 네가 정말로 삼통고를 안다고 생각하지 않았는데, 이제 보니 아는 것뿐만 아니라 능숙하기까지 하구나."

피월려의 눈에 이채가 어렸다.

"오호, 삼통고를 아오? 하긴 잠사이니 그걸 모르지는 않겠소. 그럼 어디까지 가는지도 한번 실험해 봐야겠군."

잠사는 순순히 대답했다.

"잠사인 내가 그 지독한 고문을 모를 리가 없지 않은가? 빠르게 정보를 얻고 싶을 때 나도 자주 사용하는 기술이지. 단, 난 여기서 죽고 싶은 생각이 없다. 죽음을 면하게 해주면 뭐든 다 말하겠다."

삼통고는 고급 고문 기술 중에서도 대상의 입을 열게 하는 속도가 매우 빠른 편에 속했다. 때문에 처음 한 시진은 지옥과도 같은 고통이지만, 그것을 견딘다면 점차 고통에 적응하여 그다음부터는 견디기가 수월하므로 처음 한 시진을 견딜 만큼의 인내력을 가진 사람에게는 그다지 효과적이지는 않았다.

그러나 피월려는 지금까지 한 시진 안에 원하는 답을 들어보지 못한 적이 없었다.

피월려는 단호하게 말했다,

"이미 이건 엎질러진 물이고, 단전이 파괴되었으니 당연히 나에게 복수할 것인데 내가 살막을 뒤통수에 두고 돌아다닐

리가 있겠소? 그렇기에 정보를 못 얻는다고 해도 죽여서 살인 멸구를 할 것이오. 곱게 죽고 싶으면 정보를 토해내시오."

"과연 그럴까?"

잠사는 여유롭게 비웃음을 얼굴에 그렸다. 피월려는 갑자기 반전된 그 모습을 보고 무언가 놓치는 것이 있다고 느꼈다. 불길한 예감이 엄습했고, 피월려는 잠사의 시선을 따라가 보았다.

그곳에는 당연히 있어야 할 용조의 시체가 보이지 않았다. 두 눈을 비비고 다시 보았지만 용조는 흔적조차 남기지 않고 신출귀몰하게 사라져 있었다.

"말도 안 돼! 목이 부러지고도 살아남았단 말인가?"

인간이 목뼈가 부러진 상태로 회생했다는 것은 들어본 적도 없다. 살수라더니 무슨 희귀한 암공이라도 익힌 것이 분명했다.

판단을 내리지 못하는 피월려에게 잠사는 느긋한 목소리로 말했다.

"용조는 치명상을 입었지만 죽지 않았다. 네가 내게 신경 쓰는 동안 아주 천천히, 그리고 극도로 은밀하게 도망쳤다."

"그래서… 단전을 파는 동안에도 그리 침착했군. 조용히 내 주의를 끌면서 용조가 빠져나가는 것을 도운 것이었소?"

"큭큭큭."

잠사의 조소를 뒤로하고 피월려는 추격해야 하나 아니면 남아야 하나 갈등했다. 그러나 용조는 기본적으로 살수다. 아무리 치명상을 입었다고 하나 변변한 보법도 익히지 않는 피월려가 추격할 수 있을 리가 만무했다.

피월려는 일이 꼬이는 것에 대해서 짜증이 일어났다. 그런 그를 즐겁게 바라보며 잠사가 넌지시 말했다.

"내가 여기서 죽어도 어차피 용조를 통해서 살막에 네 이름이 올라간다. 내가 죽든 말든 넌 살막의 최우선 순위 척결 대상이 되지."

살심이 돋아나는 것을 느낀 피월려는 감정을 숨기지 않고 표출했다.

"이렇게 된 거 그냥 죽여 버리고 도망가는 게 나을 것 같소만?"

겁먹은 표정을 지을 만도 하건만 잠사는 도리어 코웃음을 쳤다.

"그러면 정보를 못 얻는다. 그리고 고문하는 것도 좋은 생각은 아니다. 용조가 살막의 살수를 이끌고 이곳까지 오는 건 한 시진! 늦어도 두 시진이면 된다. 그 시간 동안 삼통고로는 내 입을 열지 못할 것이다. 두 시진만 견디면 된다는 희망이 있으니 고문 효과가 오 할 이하로 떨어진다는 것은 잘 알 테고."

그 말은 사실이다.

고문의 가장 무서운 점은 끝을 모른다는 것이다. 그런데 결국 끝이 있다는 것을 알면 그 희망에서부터 어떤 고통이라도 견딜 수 있는 힘을 얻게 된다.

피월려는 속으로 욕지거리를 씹어내면서 고민에 빠졌다.

고문을 하는 것이 좋을까? 한 시진 안에 온다는 말이 거짓은 아닐까? 이대로 죽이고 도망을 칠까? 어차피 살막과 척을 진 것, 잠사라도 죽이는 것이 낫지 않을까? 아니면 살려주고 정보를 얻을까? 애초에 이런 정보를 신뢰할 수는 있을까?

고민이 고민의 끝을 물고 또 물었다.

주도권을 완전히 빼앗겼다.

한동안 하늘을 올려다보며 심호흡을 한 피월려가 나지막하게 말했다.

"다들 살막, 살막 하더니 참, 노인네가 거저 잠사가 된 건 아닌가 보오. 이 상황에서 살길을 모색하다니."

"가까스로 살아난 용조가 기습이 아닌 도망을 택한 덕분이지. 그런 상태에서 만약 기습했다면 되레 반격당해서 둘 다 여기서 죽었을 테니 용조가 참으로 대단하지 않은가?"

피월려는 침을 딱 내뱉었다.

"퉤. 기가 막혀서."

"이렇게 용조가 도망간 이상 나를 죽인다고 이 일을 감출 순 없다. 멸구(滅口)가 안 되는데 왜 살인멸구를 하려 하는가?"

"죽여야 하는 이유가 없어졌다고 살릴 이유가 생기는 것은
아니오."

"그러니까, 이제 함께 만들어 나가면 되지 않나? 내 조건을
들어보면 분명 마음이 바뀔 것이야."

피월려의 입가에 썩은 미소가 걸렸다.

"알았소. 살려줄 테니까, 그런 말투는 못 들어주겠으니 그만
하시오."

"무슨 말투를 말하는 건가?"

"나도 아는 사실과 지금 직면한 현실을 장황하고 자세하게
설명하며 마치 어른이 아이에게 타이르듯 말함으로써 유대감
과 친밀감을 유발하여 신뢰감과 호감을 일으켜서 어떠한 정
보라도 준다면 그것이 진실이라고 믿게 하는 식. 뭐, 그런 말
투 말이오."

잠사는 잠시 항변하려 했으나 꿀 먹은 병아리처럼 입만 뻐
금거릴 뿐이었다.

피월려는 잠사의 앞에 앉았다. 그의 칼날이 잠사의 목 언저
리에서 매섭게 빛을 냈다.

"당신의 조건은 들을 필요 없소. 내가 원하는 건 단지 내
질문에 모두 대답하는 것이오."

"좋다."

"중간마다 내가 확실히 아는 것도 물어볼 테니까 단 한 번

이라도 거짓을 말하면 그 즉시 죽이겠소."

"알았다니까. 무엇이든 물어봐라."

피월려는 생글거리는 잠사의 표정이 매우 언짢았다.

그가 물었다.

"애초에 이런 식으로 주절거린 이유가 무엇이오?"

"무슨 뜻이지?"

"그냥 잠자코 기다리면 두 시진 후에 살문에서 구조하려 하지 않겠소? 그런데 나한테 굳이 이런 제의를 하는 이유가 무엇이오?"

"그거야 복수를 위해서지."

"복수?"

"단전도 없는 마당에 적어도 내 몸뚱이는 온전해야 복수를 할 것 아닌가?"

"어이가 없군. 지금 그걸 이유라고 대는 것이오? 당신이 복수할 걸 뻔히 아는 내가 뭐하러 당신을 살려주겠소?"

"내 말을 오해했군. 내가 복수하겠다는 말은 무영비주를 가리키는 것일세."

"무영비주? 그가 갑자기 왜 튀어나오오?"

잠사는 누런 이를 드러냈다.

"이래 봬도 하남성 잠사야. 내가 이 일이 어떻게 돌아갔는지 추측하지 못할까? 무영비주 개자식은 분명히 네가 점혈되었다고 말했다. 그런데 멀쩡하기 그지없군. 애초에 너보다 전에 갇힌 다른 녀석을 빼냈다는 걸 듣고 이상하다 생각하여 네 몸이 점혈되어 있나 철저하게 검사했는데도 감쪽같이 속았어. 하여간 네가 무슨 조건으로 그 개자식을 구워삶았는지 모르겠지만 이대로 당할 수는 없지. 여기서 나가는 즉시 그 녀석을 죽여 버릴 것이다."

피월려는 어깨를 들썩이며 말했다.

"좋은 추리력이오. 그런데 뭐, 그건 나랑 상관없는 이야기 아니오?"

그때, 잠사의 눈빛에 검은 기운이 넘실거렸다.

"상관이 있다마다. 무영비주가 죽게 되면 네가 무영비주에게 무슨 조건을 제시했는지 모르겠지만, 그 어떠한 것도 지불할 필요가 없지 않은가?"

한 방 맞은 표정을 지은 피월려는 한동안 말을 잇지 못했다. 그는 잠사의 지혜에 순수하게 감탄했다.

"과연……."

"내가 무영비주를 죽여주기만 한다면 너는 어부지리를 취한 것과 같은 것이다. 아무런 대가도 없이 이 자리에서 살아 나가는 것이지."

"그리고 그것은 내가 노인장을 살려줘야만 가능한 일이기도 하고. 설마 그것까지도 계산에 넣은 것이오? 내가 약조를 깨고 노인장을 그냥 죽이는 것도 방지하는?"

"그렇다. 살막의 추살령(追殺令)을 막아주겠다는 식의 약조는 해봤자 믿지도 않겠지. 그러니 무영비주를 먼저 죽여주겠다는 조건으로 내 생명을 보장하려는 것이다. 물론 정보도 제공하고."

약조는 간단하다.

피월려는 생명을 살려주고 잠사는 정보를 제공한다.

그러나 현실은 그리 간단하지 않다.

잠사는 정보를 제공하고 나서 얼마든지 죽임을 당할 수 있다. 피월려가 생명을 살려준다는 전제 조건은 보장할 수 없었기 때문이다.

그렇기에 잠사는 피월려가 생명을 살려주어야만 가능한 조건으로 한 가지를 더 제안해야 한다. 그런데 그것은 또 그것 나름대로 보장이 없다. 잠사가 살아나고 약속을 지키지 않으면 그만 아닌가? 따라서 그 조건은 공동의 목적을 이룰 수 있는 설득력 있는 조건이어야 한다. 이 일에 대해서 잊어버리고 복수하지 않겠다는 식의 믿을 수 없는 건 안 된다. 무영비주를 죽이겠다는 식의 타당한 것만이 가능한 것이다.

정보를 제공하겠다는 전 조건.

무영비주를 죽인다는 후 조건.

이를 바탕으로 생명을 보장받는 잠사.

이것이 살수의 연륜이라는 것이다.

피월려는 감탄했지만 속마음을 숨기고는 대수롭지 않은 듯 말했다.

"뭐, 알겠소. 확실히 살려주겠소. 하지만 그건 어디까지나 내 질문에 제대로 대답했을 때이오."

"나도 안다."

"자, 그럼 다시 원래대로 돌아가서 질문하겠소. 여긴 어디이오?"

"이곳은 낙양성에서 북서서로 사십 리 정도 떨어진 곳이다. 남쪽으로 걷다가 관로를 만나 동쪽으로 향하면 낙양성 서문에 다다를 수 있을 것이다."

"무영비주, 사귀, 용조를 제외하고 지금껏 또 누가 내 암살에 동참했소?"

"이름을 대라면 한도 끝도 없다."

"그들과 동급이 되는 정도의 살수 말이요."

"그 셋이 전부다. 더 투입하려 했지만 무영비주가 포획에 성공했다고 알려서 모든 계획은 취소된 상태고."

"살문에서 나를 죽이려 했던 이유는 무엇이오?"

"잘 알 텐데? 황룡환세검공 때문이지."

"그럼 내가 황룡환세검공을 갖게 되었다는 정보는 언제 확신하신 것이오?"

"그것 또한 말하지 않았나? 당연히 그 뱃사공이 죽었을 때지."

피월려의 눈빛이 갑자기 날카롭게 빛났다.

"분명히 나는 그 일이 있기 전부터 한 객잔에서 무영비주에게 습격을 당했소. 대상보다는 무공이 조금 약한 살수를 보내는 것이 정석일 터인데, 내 본연의 실력보다 고강한 무위를 지닌 무영비주를 투입했다는 것은 암살이 목적이라기보다 포획이 목적이라는 것을 알 수 있소. 하지만 이상한 것이, 그때는 황룡검주의 자살 사건이 일어나지도 않았고 하남성이 시끌시끌하기도 전이오. 즉, 그전부터 살막은 내가 황룡환세검공을 가지고 있다고 의심하고 있던 것이오."

"……."

처음으로 잠사의 얼굴에서 여유로운 표정이 사라졌다.

피월려는 낮게 속삭였다.

"정보의 출처를 대시오."

잠사는 한동안 피월려를 뚫어지게 바라보았다.

묘한 정적이 흘렀다.

그러나 피월려는 재촉하지 않았다. 목숨을 구걸했던 자가 다시금 생명을 놓고 고민한다는 것은 더는 협박이 통하지 않는다는 뜻이니까.

끝내 잠사는 포기하듯 말했다.

"하오문이다."

하오문.

대전에서 본 지부장과 원로들이 머릿속에 자연스럽게 그려졌다.

언젠가 무영비주도 하오문을 언급했었다.


"살문에서도 처음에는 그저 그런 아버지의 복수인 줄 알았다. 하오문에서 그 노인이 황보영의 아버지라고 알려오기 전까지는."


이제 보니 하오문이 살막에게 그 정보를 제공한 이유는 살막으로 하여금 피월려를 한번 찔러보게 만들려는 것이 확실했다.

피월려는 안개가 걷히듯 머릿속이 맑아지는 것을 느꼈다.

"내가 황룡환세검공을 가지고 있다고 그 뱃사공이 이야기한 것이 아니란 말이오?"

"그 뱃사공도 그리 말했다. 그러나 그전에 하오문에서 먼저 알렸다. 그때는 반신반의했기에 무영비주만 투입하였지만, 그 뒤 뱃사공의 의뢰를 보고 확신한 것이지."

"그럼 뱃사공은 그 사실을 어떻게 알았소?"

"황보영의 편지를 보고 알았다고 했다."

"편지라 함은… 자신이 황룡세가의 진정한 후계자이고 황룡환세검공을 지니고 있다는 이야기 말이오?"

"그렇다."

"으하하, 크하하!"

피월려는 고개를 젖히고 숲이 떠나가도록 굉소했다. 그를 이상한 눈길로 바라보던 잠사가 나지막하게 말했다.

"왜 웃는 것이지?"

"그 편지와 하오문, 출처가 완전히 다른 두 정보 덕분에 내가 황룡환세검공을 가지고 있다고 확신했나 보오? 으하하!"

잠사는 설마하는 기분이 들어 급하게 물었다.

"그 말이 사실이 아니라는 것이냐?"

"당연히 아니지. 내가 보기에는 그 편지라는 것도 하오문에서 조작한 것이라 보는데, 어떻소?"

잠사는 당황한 표정으로 말을 더듬었다.

"뭐, 뭐라? 하오문에서 어찌……. 하오문이 그런 짓을 해서 얻을 것이 뭐가 있겠나?"

"잘 생각해 보시오. 한 가지만 알려주겠소. 내 몸을 살폈을 때 맥박이 불규칙한 것을 보고 점혈이라 생각하셨을지 모르겠지만 난 역혈지체를 이룬 마인이기 때문에 기이한 맥박을 평상시에도 가지고 있소."

잠사는 놀람을 금치 못했다.

"네가… 네가 정녕 천마신교의 인물이라는 것이냐?"

"하하하! 하남성 잠사가 내가 마인이라는 것도 몰랐다는 것이오?"

잠사는 침음을 흘렸다.

"그래서 몸의 맥박이 점혈을 당하지 않음에도 기이했던 것이군."

"그건 무영비주의 생각이었소. 하여간, 그런 간단한 정보도 파악하지 못했다는 뜻은 살막의 정보 체계가 하오문에 온전히 의지한다는 말이고."

"……."

"그리고 내가 하오문의 원로를 북문에서 죽였다는 것은 잘 알고 있겠지. 그럼 결과는 자명한 것 아니오? 하오문은 자기 손을 더럽히지 않고 나를 척결하려 한 것이오."

하오문의 원로를 죽인 피월려는 하오문의 척결 대상이다. 그러나 그는 천마신교의 마인, 함부로 건들 수 없는 자다. 살막에 의뢰를 해도 천마신교의 마인이라면 당연히 거절당한다. 그렇다면 살막에서 그것을 모른 채 그를 죽이도록 하면 되는 것이다.

지금 하남성에서 가장 위험한 자는 누구인가? 바로 황룡환 세검공의 소유자 아닌가? 피월려가 비급의 소유자만 된다면 살막 및 많은 무림인의 손을 빌려 통쾌한 복수를 할 수 있다.

그 후환은 물론 하오문과는 완전히 동떨어진 채 말이다.

"개새끼들……."

잠사의 진심 어린 욕설은 피월려를 기분 좋게 만들었다.

"큭큭큭. 내가 보니 잠사께서 하오문과 무영비주에게 쌍으로 이용당한 것 같소."

"그래, 정말 보기 좋게 당했군. 으드득!"

"그럼 다음 질문이오. 나도 하오문에 복수 좀 해야겠으니 하남성 하오문 지부의 원로와 지부장이 있을 만한 곳을 말씀하시오."

살문과 하오문은 음지에서 협조 관계에 있기에 서로에 대해서 웬만한 정보는 가지고 있었다. 잠사는 펄펄 끓어오르는 분노를 억누르며 설명했다.

"하오문 지부는 낙양성 서문 주위에 있는 세 개의 포목점 중 붉은색만 취급하는 곳이다. 그곳은 이 층까지 있으나 손님들은 그곳으로 들어갈 수 없게 되어 있다. 그곳이 바로 하오문 지부다."

잠사는 그것을 시작으로 세밀한 것까지 모두 피월려에게 말해주었다. 사실 그에게 있어 천마신교가 하오문을 박살 내버리는 것만큼 지금 당장 원하는 일도 없기에 특급 기밀까지도 거리낌 없이 말해주었다.

피월려는 세부 사항을 모두 들은 뒤 방긋이 미소를 지으면서 칼을 들어 잠사의 심장에 찔러 넣었다.

잠사는 믿을 수 없다는 눈빛을 지으며 피월려를 노려보았다.

"왜… 왜……?"

몸서리쳐지도록 무표정한 피월려는 잠사의 귀에 슬며시 입을 가져가 속삭이듯 말했다.

"노인장께서 간과한 것이 있소. 첫째, 노인처럼 지혜가 뛰어난 자를 상대할 때는 득실을 따져서 논리적으로 하기보다는 기회가 되었을 때 일단 죽이는 게 현명하오. 어차피 내 머리 위에서 놀 텐데 내가 이것저것 계산해 보았자 함정에 빠지기 일쑤요. 둘째, 무영비주가 죽든 말든 나와는 그리 상관없소. 그에게 딱히 원한을 느끼는 것도 없소. 애초에 내가 그에게 제시한 조건이란 것은 존재하지도 않았소. 그가 나와 협상한 이유는 내가 천마신교의 인물이라는 것을 알고 나서 스스로 발을 뺀 것뿐이오. 그리고 셋째, 살막에 내 이름이 올라가는 문제는 무영비주가 처리하기로 해줬으니 별문제 없을 것이오. 따라서 굳이 당신을 살려줄 이유가 없소. 넷째, 당신을 살인멸구 하는 게 무영비주의 요구 조건이오. 그리고 마지막으로 다섯째!"

피월려는 검을 양손으로 잡고 횡으로 내려쳤다.

잠사의 머리는 그의 몸으로부터 깨끗하게 분리되었고, 기도

와 식도에서 물이 끓듯 자잘한 피거품이 생성되면서 아래로 흘러내렸다.

"내 눈앞에서 예화를 죽인 것은 아주 큰 실수였소."

피월려는 검집에 검을 넣고 나서 미련 없이 돌아섰다.

*　　　　　*　　　　　*

얼마나 시간이 지났을까?

얼마나 더 걸어야 할까?

피월려는 지친 몸을 이끌고 관로 위를 걷고 있었다.

극양혈마공의 위력 때문인지 몸을 움직이는 것에는 불편함이 없었으나, 허기진 배가 이루 말할 수 없이 고통스러웠다. 몇 끼나 식사를 하지 않았는지 계산조차 할 수 없었다. 오직 밥을 먹겠다는 신념 하나로 겨우겨우 버티며 걸음을 옮길 뿐이다.

그런데 갑자기 코를 찌르는 냄새에 피월려는 정신이 곤두서는 것을 느꼈다. 피월려는 침이 절로 분비되는 고기 굽는 냄새를 추적했고, 그 근원지에는 한 허름한 마차가 있었다.

그 마차의 겉은 기본적으로 나무로 만들어져 있었고, 군데군데 녹슨 쇠고리가 보였다. 큼지막한 바퀴는 무언가 엉성했고, 뒤쪽 문에는 짚 같은 것이 삐져나와 있었다. 마차를 끌어야 할 말은 앞쪽에 몸을 누이고 곯아떨어져 있었다. 그것은 누가 보아도 흔한 짐마차였다.

그 뒤쪽에서 검은 연기가 솔솔 피어나고 있었다.

무언가에 취한 듯 피월려를 그곳으로 향했고, 보법을 방불케 하는 동작으로 마차 뒤쪽으로 움직였다.

마차 옆에서 돌로 테두리 친 소소한 모닥불을 앞에 두고 노랗게 익은 돼지고기를 베어 먹던 무영비주는 갑자기 나타난 피월려를 슬며시 흘겨보았다.

"생각보다 빨리 왔는데? 근데 겉옷은 어쩌고? 이제 곧 겨울인데 말이지."

피월려는 노랗게 익은 고기에 눈을 고정한 채로 말했다.

"피가 너무 묻었다. 버리고 왔어."

"실수했군. 추견(追犬)에게 쫓길 수도 있다."

"알아서 처리했으니 걱정 마. 그보다 진짜 실수는 그게 아니지."

"뭐? 무슨 실수를 했는데?"

피월려는 무영비주의 질문을 무시한 채 갑자기 다가왔다.

"이 고기, 방금 구운 건가? 돼지고기군."

무영비주는 뭐라 묻고 싶었지만, 피월려의 눈빛에 느껴지는 절박함에 우선 돼지고기를 건넸다. 피월려는 돼지도 울고 갈 만한 속도로 모두 먹어치웠다.

무영비주는 그의 옆에서 기절해 있는 신물주를 불쌍한 눈빛으로 보았다. 밥을 먹지 못한 것은 신물주도 마찬가지였으나 피월려는 그에게 음식을 남겨줄 생각이 없는 듯했다. 피월려는 신물주가 여기 있는지도 모르는 듯 먹는 것에만 집중하고 있었다.

반 식경 만에 음식을 모두 해치워 버린 피월려는 물통째 들어서 벌컥벌컥 물을 마셨다. 그 경이로운 모습을 감상하기 위해서 무영비주는 잠시 식사를 멈춰야 했다. 잠시 후, 피월려가 물통을 내려놓고 입을 닦자 무영비주가 물었다.

"잠사를 못 죽인 건가?"

피월려는 불씨가 흔들릴 정도로 큰 트림을 하고서는 이빨에 낀 고깃덩이를 손으로 긁어댔다.

"죽였어."

"그럼 실수라는 건 뭐야?"

"그걸 말하기 전에 한 가지 묻고 싶은 게 있어."

"뭔데?"

"왜 잠사를 배신하고 나를 도운 것이지? 천마신교와 척을 지기 싫다는 건 이해하겠는데, 굳이 잠사를 죽여가면서 일을 진행했어야 하는 건가?"

무영비주는 고기 한입을 뜯으며 씹었다.

"잠사는 널 고문하고 죽일 생각이었지. 양자택일이었고. 그래서 널 살리는 것은 곧 잠사를 죽여야만 가능한 일이었다."

피월려는 코웃음을 쳤다.

"그래서 나를 살리고 잠사를 죽인다? 살막의 잠사를?"

"오해하지 마. 그럴 가치가 있으니까 한 것뿐이니……."

무영비주는 말끝을 흐렸다.

뭔가 이유가 더 있는 것이 분명하다.

살막의 살수가 잠사를 죽이는 엄청난 모험을 단지 천마신교와 척을 지고 싶지 않다는 단순한 이유 때문에 했을 리가없다. 하지만 무영비주는 별로 언급하고 싶어 하지 않는 듯했다. 피월려는 무영비주가 잠사를 죽이고 얻을 수 있는 것이 무엇일까 고민했다.

그러나 무영비주는 그에게 고민할 시간을 줄 생각이 없었다.

"세 번째 묻는 거니 이젠 좀 대답해 줬으면 한다. 실수가 뭐야?"

피월려는 턱수염에 손을 가져가 긁적였다.

"혹시… 용조를 아는가?"

"용조? 알다마다. 하남성에서 활동하는 나와 같은 일급살수지. 그런데 그걸 왜 묻는 것이지?"

피월려는 다시 한번 신중하게 생각하고 판단했다. 결과는같았고, 그래서 그는 솔직히 말했다.

"그자가 암살 장면을 목격했다. 그리고 도주했다."

무영비주는 얼굴은 경직되었다.

"뭐, 뭐라고?"

"내가 잠사를 죽였다는 사실을 알고 도주했다는 말이다."

"용조가 같이 따라왔었나? 그곳에? 아! 잠사가 그놈을 데리고 갔겠군."

"그렇다."

"실수했어. 그것도 아주 대단한 실수를."

"……."

"살막에서 잠사를 죽인 자를 가만히 둘 리가 없지. 천마신교의 교인이어도 이건 예외가 없어."

"그 정도로 심각한 거야?"

"살막은 점조직이며, 잠사는 연락망의 중심에 있는 자다. 살막의 핵심이지. 그들의 안전은 곧 살막의 존립과 직결되는 사항이다. 잠사를 죽인 자는 척살이야. 무조건."

"그래, 나도 그럴 것이라 생각했다. 그러니 한 가지 부탁을 하지. 내가 너를 천마신교의 그늘에서 벗어나게 해주는 것처럼 너도 나를 살막의 그늘에서 벗어나게 해줘야겠다."

"……."

"이 며칠간 고생해서 잘 알지. 살막을 뒤통수에 두고 살 수는 없다는 것을."

무영비주는 피월려의 눈빛을 뚫어지도록 마주 보며 얼굴을 일그러뜨렸다.

"골치 아픈 일을 내게 떠넘기겠다는 것이냐? 용조를 놓친 것은 네놈이다."

피월려는 방긋 미소 지으며 신물주를 손가락으로 가리켰다.

"너나 나나 서로에 대해서 함구하면 간단한 일이지만, 나에게는 신물주가 있지. 이자는 네 이야기를 천마신교에 보고하지 않을 이유가 없다. 내가 입을 막아도 신물주가 자연스럽게 천마신교에 무영비주, 네놈에 관해서 보고할 것이다."

"그것까지도 막아야 하는 것이 내 조건이다. 그것도 모르는 것은 아니겠지?"

"잘 알지. 그래서 묻는다. 너는 용조를 처리할 수 있나?"

무영비주는 눈을 감았다. 그리고 한동안 고심하더니 답을 내놓았다.

"그 녀석은 도통 속을 알 수 없는 놈이라 확신하지는 못하겠지만 가능할 것이다. 그 성정으로 보면 잠사가 죽든 말든 신경 쓰지 않을 거야. 그래도 입단속을 하려면 빨리 움직여야 한다."

"좋아, 그럼 부탁하지."

피월려의 간단한 대답에 무영비주는 어이없는 표정을 지었다.

"칫. 내 돈을 쓰라는 것인가?"

"나는 한 푼도 없어."

"……."

"……."

"뭐, 좋아. 그럼 이 신물주라는 자는 어떤가? 함구시킬 수 있어?"

피월려는 말없이 자리에서 일어났다. 그리고 마차 안쪽으로 들어가 그 안에 아무렇게 내팽개쳐져 있던 검 두 자루를 들었다.

"이거 내 검 맞지?"

"그래, 그렇다. 내가 다시 주워왔지. 그런데 내 질문에 대한 답이 그것인가?"

피월려에게도 무영비주에게도 이 일은 다른 선택권이 있다. 무림인의 방식, 바로 생사혈전이다.

무영비주의 양 소매에서 두 개의 무영비가 소리 없이 흘러나와 그의 양손에 쥐어졌다. 만약에 피월려가 공격하면 즉시 그의 머리와 심장을 노릴 것이다.

피월려가 한 발씩 다가올 때마다 무영비주는 내력을 점차 일으켰다. 그리고 피월려가 검을 휘둘렀을 때, 무영비주의 긴장한 표정이 당황함으로 물들었다.

피월려는 무영비주를 공격하지 않았다.

"컥!"

피월려의 검에 의해서 폐가 뚫려 버린 신물주는 입으로 피를 쏟아내며 죽었다. 오랜 시간 물도 제대로 먹지 못해서 그런지 그의 피는 매우 진득했고, 그 양이 지극히 적었다.

아무렇지 않은 표정으로 검을 뽑아 지푸라기에 피를 닦는 피월려를 무영비주가 얼빠진 얼굴로 바라보았다. 그를 슬쩍 흘겨본 피월려가 피식 웃었다.

"용조가 이미 빠져나간 이 상황에서 내가 너를 죽여봤자 얻을 것이 없어. 설마 내가 공격할 거라고 생각한 건가?"

무영비주는 손에 들린 무영비를 만지작거렸다. 그는 피월려와 신물주를 번갈아보며 물었다.

"같은 마인을… 이렇게 그냥 죽여도 되는 건가?"

"자기 목적을 위해서 내 생명을 이용했었으니 나 또한 그런 것뿐이지. 그리고 어차피 이자는 내가 어떤 조건을 제시한다고 해도 너에 대해서 함구할 것이라는 확신이 없는 자다. 어쨌거나 이것으로 내 대답은 되었지?"

"……."

"살막에서 내 이야기가 없도록 하는 한, 내가 무영비주라는 네 글자를 거론하는 일은 없을 것이다."

같은 마교인을 죽여놓고서 하는 말치고는 놀랍도록 이성적이다. 무영비주는 피월려의 눈빛에서 어떠한 생각도 읽어낼 수 없었다.

무영비주는 무영비를 회수하며 말했다.

"솔직히 말하지. 나는 오늘 일이 틀어지면 널 죽이겠다고 생각하고 왔다. 둘 다 죽이고 시체를 처리하면 아무리 천마신 교라도 진실을 밝혀내는 데 시간이 걸릴 것으로 생각했다. 천 마신교라면 결국 어떤 식으로든 밝혀내겠지만."

"그런가? 그런데 왜 생각이 바뀌었지?"

"글쎄, 그것보다는 천마신교에 줄 하나를 대는 것이 좋겠다 는 판단이 섰다. 천마신교라면 불덩이에라도 뛰어드는 맹신도 가 아니라 철저하게 이성적으로 판단하여 행동하는 마인이라 면… 꽤 좋은 줄이 될 수 있을 것 같다. 아닌가?"

"뭐, 나도 살막에 줄 하나 있다고 나쁜 건 아니겠지."

무영비주는 만족한 표정을 지으며 자리에서 일어났다.

"그 쌍검은 오래 쓰지 않는 것을 추천하지. 만약을 대비해 서 그 검에 장난을 좀 쳐 놓았거든."

피월려는 고개를 양옆으로 도리도리 흔들더니 쌍검을 그에 게 건넸다.

"준비가 철저하군."

무영비주는 그 검을 받으며 신물주를 가리켰다.

"그런데 이자의 죽음은 어떻게 설명하게?"

"흠……. 하오문을 가범(假犯)으로 만들면 어때? 비도혈문에서 살문과 공존을 원하면서 천마신교와 척을 질 수는 없으니까 또 다른 희생양이 필요하잖아?"

"하오문? 왜? 조작하기 쉬운 중소문파도 많은데."

"그들은 마땅한 동기가 없지. 하지만 하오문에서 날 죽이려고 꽤 머리를 굴려가면서 이 일을 전부 벌였어. 어차피 하오문이 암살을 사주했다는 사실은 천마신교에서도 알고 있고."

"뭐? 어떻게? 아니, 그보다 알면서 그냥 널 내버려 뒀다고?"

처음에 명령이 있었다.

살아남으라는.

그 뜻은 천마신교에서 피월려가 암살당할 것을 미리 알았다는 뜻이다.

피월려는 그것을 바탕으로 계획을 짰다.

"하여간 그 때문에 하오문에서 죽인 것으로 하면 더 설득력이 있을 거야."

"무슨 말인지 이해가 잘 안 가는군."

"간단하잖아? 나중에 잠사 머리를 들고 한번 본 교에 찾아와서 미안하다, 하오문에서 농간을 부린 것이다, 살막은 천마신교와 원한 관계를 맺고 싶지 않아 이번 일에 동조한 잠사의 머리를 바치겠다, 뭐 이런 식으로 말하면서 슬쩍 빠져나가라고."

"내가 그럴 권한이 어디 있다고? 그건 잠사 정도나 돼야 가능한 일이야."

"그럼 잠사가 되면 되지."

"뭐?"

피월려는 빙그레 웃었다.

"애초에 그러려고 잠사를 죽여달라고 한 것 아니야? 새로운 하남성의 잠사 자리를 얻기 위해서?"

"무슨 말이지? 나는 단순히 천마신교와 척을 지고 싶지 않아……."

"연기가 어설퍼, 무영비주."

"……."

"조금만 생각해 보니 답이 나오더군."

피월려는 무영비주를 빤히 쳐다보았고, 무영비주는 얼굴에 걸친 당황스럽다는 표정을 서서히 거두었다. 무영비주는 손을 들어 얼굴을 가리고는 참던 웃음을 터뜨렸다.

"크, 큭큭큭, 큭큭큭. 대단하군, 대단해. 큭큭."

피월려는 소리는 내지 않았지만 미소를 유지했다.

곧 웃음을 그친 무영비주가 말했다.

"뭐, 알겠다. 네 말대로 하지. 내가 전면으로 나서는 건 솔직히 내키지 않지만."

"착각하는 것 같은데, 넌 이미 전면에 있어. 객잔에서 나와 같이 있던 다른 여인을 기억하나?"

무영비주는 자신에게 내상을 선사했던 주하를 기억했다.

"아, 기억나는군."

"천마신교에는 이미 그녀를 통해서 네 존재를 알고 있을 거야. 신물주가 널 따라갔다는 것도 알 것이고. 그러니 뒤로 발을 뺄 순 없다. 앞에서 당당하게 해결하는 것이 상책 중 상책이다."

무영비주는 눈을 가늘게 뜨고 일각이 넘어가는 시간 동안 말없이 고민했다. 그들은 한참 동안 말을 주고받으며 계획에 오류가 없는지를 여러 번 확인했다. 생각해 낼 수 있는 모든 변수를 모조리 논의한 끝에 무영비주는 한숨을 푹 내쉬고는 걱정스러운 어조로 말했다.

"잘되겠지?"

"어쩔 수 없지 않나?"

"알겠다. 나중에 기회가 되면 술 한번 사지. 이 마차는 하남성 마방 소유니까 성안으로 들어가는 건 그리 문제가 없을 것이다."

무영비주는 죽은 신물주를 어깨에 메었다. 그를 동굴로 가져갈 것이다.

그는 잠자는 말을 발로 차 깨운 뒤 숲속 어딘가로 사라져 버렸다.

말이 서서히 움직이자 피월려는 서둘러 마차에 탑승했다. 마차가 이리저리 흔들거리는 것이 마치 그의 상황을 대변해

주는 것 같았다.

마음이 심란해진 그는 기를 운행하는 것은 포기하고 단순한 명상으로 조마조마한 마음을 다스렸다.

＊　　　　　＊　　　　　＊

"그래서, 신물주가 그 동굴에서 죽었다는 것이냐?"

어둑한 방 안. 서화능의 방은 전과 크게 달라진 것이 없었다.

피월려는 모든 것을 꿰뚫어 볼 것 같은 서화능의 날카로운 눈빛에 점차 기세가 밀리는 것 같아 마음이 불편했다.

"그렇습니다. 제가 잡혀 들어갔을 때 이미 죽어 있었습니다."

"신물주가 죽다니……. 이거 골치 아픈 일이 벌어졌어."

서화능은 앞에 놓인 탁자를 톡톡 쳤고, 곧 한 여인이 방 안으로 들어왔다. 서화능은 그녀를 보며 명령을 내렸다.

"박 장로에게 신물주의 죽음을 전하고 급히 이리로 오라 전하라."

그 시녀는 잠시 당황하더니 여러 번이나 고개를 끄덕이며 밖으로 나갔다. 서화능 또한 매우 고민하는 듯한 표정을 짓고 있었다.

피월려는 생각보다 신물주의 죽음이 매우 심각한 일이라는 것을 직감했다. 무영비주의 신뢰를 얻으려고 그를 죽인 피월려로서는 별로 반가운 소식이 아니다. 왠지 모르게 단순히 고수 한 명을 잃은 수준에서 끝날 것 같지 않았다.

서화능은 한참을 더 고심하더니 다시 피월려에게 물었다.

"그러니까 네가 한 말을 종합하면, 이틀 전 밤, 괴한에게 습격을 당해서 그 음기가 가득 차 있는 동굴에 만년한철로 된 쇠고랑으로 감금당하였다. 그리고 그 괴한의 목적은 황룡환세검공을 얻기 위함이고. 또 네가 그곳을 오늘 아침에 빠져나왔다. 맞느냐?"

"그렇습니다."

서화능은 한 손으로 턱을 쓸며 탐탁지 않아하는 표정을 지었다. 피월려의 말을 곧이곧대로 믿기에는 뭔가 석연찮은 기분이 들었기 때문이다. 그러나 딱히 의심할 만한 증거도, 심증도 없었다.

"설사 네 말이 거짓이라도 그 동굴에 가서 만년한철이든 신물주의 시체든 확인하면 되는 일이고. 북서서로 사십 리라고 했느냐?"

"그렇습니다. 빠져나올 때는 여유가 없는지라 그대로 시체를 내버려 둬야 했습니다."

피월려는 무영비주가 신물주의 몸을 제대로 그곳에 가져갔기를 간절히 바랐다. 서화능이 사람을 보내서 그 동굴을 확인할 것이 당연하고, 그때 신물주의 몸이 없다면 가장 먼저 의심을 받을 사람은 바로 피월려이기 때문이다.

"그 괴한이 누구인지 알아낸 것이 있느냐?"

"기절한 상태에서 깨어나 보니 그 동굴에 만년한철로 구속되어 있었고, 그 괴한은 보이지도 않았습니다. 아마 나중에 와서 고문하려 하지 않았나 생각합니다."

"만년한철은 어떻게 부쉈느냐?"

"폭주 직전까지 갔던 극양혈마공이 동굴의 음기와 상호작용을 한 덕분에 고강한 내력을 발휘할 수 있었고, 그대로 만년한철을 내려치니 가능했습니다."

입에 침도 마르지 않고 거짓말을 술술 내뱉는 피월려는 진지한 어조로 대답했으나 그 마음은 쫄깃하게 쪼그라드는 것 같았다.

그를 보는 서화능의 눈초리가 가늘어졌다.

"극양혈마공의 양기는 그 순도가 매우 높기는 하나 만년한철을 끊을 수 있을 정도라니……. 놀랍군. 그러고 보면 양기가 폭주하고도 남을 정도로 오랜 시간 동안 음양조화를 이루지 못했으니 가능하기도 할 것 같고……."

"……"

묘한 기류가 그 둘 사이에 흘렀다.

피월려는 아무렇지도 않은 듯 표정과 몸짓 하나하나까지도 신경을 썼으나 마음대로 되지 않았다. 커지는 불안감만큼 그의 몸 또한 미세하게 떨리기 시작했다. 그것을 은연한 와중에 느낀 서화능의 입에서 무슨 말이 떨어지려 하는 찰나, 누군가 방문을 거칠게 열었다.

"서 지부장! 신물주가 죽었다는 것이 사실이오?"

서화능은 피월려에게서 시선을 옮겨 박소을을 보았다. 박소을의 표정은 그의 놀란 속내를 여과 없이 드러내고 있었다. 서화능의 관심이 떠난 것을 느낀 피월려는 마음을 쓸어내리며 안도했다.

서화능이 박소을에게 앉으라고 손짓했다.

"그렇소, 박 장로. 피월려의 말에 의하면 낙양에서 사십 리 정도 떨어진 곳에서 죽었소."

"언제 말이오?"

"삼 일 전에 지부를 떠난 이후부터 이틀 전 자정 사이이오."

"삼 일 전이라면, 서 지부장께서 명을 내리신 이후 아니오?"

"그렇소."

"신물주가 외부에 나간 사이 내부에서 누군가 기회를 노린 것이오?"

"내부의 소행 같지는 않소. 이대원의 보고로는 비도혈문이라 했소."

박소을은 눈을 찌푸렸다.

"하오문이 아니란 말이오? 왜 비도혈문이 뜬금없이 그런 일을 벌였겠소?"

"살문이니 살막의 지시를 따른 것으로 생각하오."

"살막 또한 천마신교의 인물을 암살할 정도로 멍청하지는 않소."

"조화경의 고수를 배출한 환세황룡검공이라면 욕심낼 만하지."

"그건 무슨 말이오?"

"흉수는 피월려가 환세황룡검공을 가지고 있다 생각한 모양이오."

박소을은 한동안 서화능을 빤히 쳐다보았다.

"지부장께서 꾸미신 일이오?"

서화능은 군이 숨기지 않았다.

"그렇소."

"……"

"토끼를 잡으려 덫을 놨는데 이상한 게 잡힌 게지."

토끼는 하오문, 이상한 것은 비도혈문을 의미한다.

피월려는 이제야 그림 전체가 머릿속에 그려졌다.

서화능은 하오문에 신물주를 침투시키려고 피월려를 미끼로 사용했고, 하오문은 교묘하게 살막을 앞에 내세웠다. 때문에 불쌍한 신물주만 중간에서 죽음을 맞게 된 것이다.

박소을이 말했다.

"그렇다면 비도혈문의 단독 행동이라 생각하시오, 아니면 살문이 움직였다 생각하시오?"

서화능은 대답하는 대신 피월려에게 고개를 돌렸다.

"네가 보기에는 어떠했느냐?"

피월려는 서화능이 자신의 의견을 물어보았다는 것에 대해서 속으로 쾌재를 불렀다. 자연스럽게 무영비주를 벗어나게 만들 수 있었기 때문이다.

피월려는 입술에 침도 바르지 않고 거짓말을 술술 내뱉었다.

"저를 습격한 괴한은 무영비를 사용하지 않았습니다. 그 점으로 보아 추측해 보면 비도혈문의 단독 행동이라기보다는 살막이 전체적으로 그림을 그린 듯합니다."

"흠……."

서화능이 고민하는 사이 박소을이 말했다.

"피 대원, 그러고 보니 극양혈마공의 상태가 매우 불안정하지 않소? 낙양제일미는 지부 안에 있으니 방으로 돌아가서 음양합일을 최대한 빨리 시행하는 것이 좋을 것이오."

이것은 누가 봐도 명백한 축객령(逐客令)이다.

박소을은 피월려가 더는 이 일에 대해서 관여하기를 원치 않은 것이다.

피월려는 포권을 취했다.

"조언에 감사드립니다. 그러면 이만 물러가겠습니다."

"잠깐."

서화능이 상 아래에서 주머니같이 생긴 것을 들어 피월려에게 던졌다. 피월려가 그것을 받자 서화능이 말을 이었다.

"명을 완수한 대가다."

전처럼 묵직하지는 않았다.

"감사합니다."

서화능은 그의 인사에 눈길조차 주지 않고 박소을과 이야기하기 시작했다.

피월려는 천천히 방에서 걸어나와 자기 방으로 향했다.


\*             \*             \*


피월려는 길을 잃었다.

전에도 흔히 있던 일이지만 주하가 없는 지금은 매우 위험한 상황이다. 극도의 대칭성을 가진 복도는 공간적인 감각을 모두 마비시키고 길을 모르는 자에게 영원토록 떠돌게 하는 진법과도 같다. 따라서 이곳에서 길을 잃는 것은 단순히 길을 잃은 것을 넘어서 생명을 보장할 수 없다.

"역시 그대로십니다."

들릴 수 없는 목소리가 귀를 강타했다. 피월려는 놀람을 금치 못하며 뒤로 돌아 목소리의 주인을 보았다.

"주, 주 소저?"

주하는 전과 달라진 점이 없었다.

어디서나 볼 수 있는 흔한 흑의를 입었고, 여인의 상징인 긴 머리카락을 수수한 옥빛으로 묶었다.

그녀는 팔짱을 끼고는 덤덤한 목소리로 말했다.

"여인을 강에 버려두고 어디를 그렇게 돌아다니신 겁니까?"

무미건조한 목소리였으나, 그런 점이 오히려 더 눈치를 보게 만들었다.

피월려가 말을 더듬었다.

"그, 그게… 난 주 소저가 죽은 줄 알았소. 어쨌든 살아 있는 걸 보니 매우 다행이오."

"어떻게 멀쩡히 살아 있는 사람을 죽은 사람으로 착각하실 수 있었습니까?"

그날 밤 피월려는 극양혈마공의 영향으로 마기가 불안정하여 정신이 맑지 못한 상태였다. 평소라면 당연히 쓰러진 그녀가 죽었는지 죽지 않았는지 확인했을 테지만, 그때는 그런 생각도 못하고 그저 죽었거니 하며 머릿속에 가득했던 술과 여자만을 먼저 찾았다.

그 사실이 떠올랐는지 피월려는 멋쩍은 미소를 지었다.

"그날 정신이 없었소."

"왜 없었습니까?"

"그니까… 아, 그 용조라는 자가 이상한 사술을 부렸는데, 그것에……. 아마… 그것에 넘어간 듯하오."

"용조? 제 뒤에 있던 살수 말입니까?"

"맞소. 둘 중에 남자였던 자요."

"그자가 사술을 부려서 정신이 없었다는 겁니까?"

"그, 그렇소."

"……."

주하는 여전히 무표정했으나 눈빛만은 충분히 그 마음속의 언짢음을 표현하고도 남음이 있었다. 피월려는 미소를 억지로 지어내며 그녀의 어깨를 토닥거렸다.

"하하하! 이렇게 멀쩡히 살아 있으니 괜찮지 않소?"

주하의 어깨에 닿는 피월려의 손끝과 주하의 눈치를 살피는 피월려의 눈동자가 미세하게 흔들거렸다.

"안 괜찮습니다."

"그, 그렇소? 아, 아하하!"

"손 치우십시오."

피월려는 잽싸게 그녀의 어깨에서 손을 거뒀다.

"저, 화가 난 것 같은데, 내가 잘못했……."

주하가 그의 말을 잘랐다.

"화 안 났습니다. 오히려 피 공자와 저의 관계가 어떤 것이 있는지 다시 한번 스스로 각인시킬 수 있는 좋은 기회였습니다. 감시자와 감시 대상의 관계 말입니다."

딱딱한 두 단어는 그녀의 기분을 잘 표현했다. 그러나 그것이 피월려에게는 별로 와닿지 않았다.

"그거야… 당연한 것 아니오?"

"……."

"……."

그럼 무엇이라 생각했단 말인가?

피월려는 순간 주하의 말을 이해할 수 없다는 눈빛으로 그녀의 눈동자를 빤히 바라보았다. 꾸중 듣는 어린아이와 같던 그의 표정이 점차 옅어졌다.

주하는 왠지 아무런 말을 할 수가 없었다. 그러나 자존심 때문인지 그녀는 피월려의 눈빛을 피하지는 않았다.

한동안 오묘한 눈싸움이 이어졌고, 결국 피월려가 졌다.

그가 물었다.

"무슨 다른 명이 있었소?"

주하는 그 뜬금없는 질문을 이해하지 못했다.

"예?"

"나를 감시하라는 것 이외에 다른 명령이 있었느냐는 말이오."

이상하게 추궁당하는 것 같은 기분이 든 주하의 목소리는 전보다 반 이상 작아졌다.

"아, 아니. 딱히……."

"그런데 우리 사이의 관계라는 말이 무슨 뜻이오?"

"……."

"……."

눈싸움은 다시 이어졌다.

전과 다른 점이라면 피월려의 눈빛은 순수한 궁금증을 담고 있었고, 주하의 눈빛에는 큰 혼란스러움이 자리 잡았다.

시간이 흐르고, 이번엔 주하가 졌다.

"이상합니다."

"그렇소. 참으로 이상하오."

"……."

"……."

주하는 괜히 머리카락을 양손으로 쓸어내렸다.

"저… 그… 방에 가시는 길이었습니까?"

"그렇소. 아, 그것을 물어본다는 것이 어쩌다 이렇게 됐는지 모르겠소."

"피 공자의 방은 양천일좌이우사좌입니다. 이렇게 외우십시오."

"그건 아는데, 양천으로 가는 방법이 생각 안 나서……."

주하는 딱하다는 눈빛을 숨기지 않았다.

"용케 지부장님의 방까지 가셨습니다. 갈림길이 나올 때 좌측으로만 다섯 번 이상 가시면 복도의 색이 흑색으로 변하게 되는 지점부터 '천'입니다. 이곳이 이미 양이니 천으로만 가시면 양천이 됩니다."

"아, 고맙소."

"그럼, 이만."

막 사라지려는 주하를 피월려가 제지했다.

"아, 잠시."

"무슨 일이십니까?"

피월려는 주하의 시선을 마주치지 못하다가 자신감 없는 목소리로 물었다.

"계속 내 옆에 있는 것 맞소?"

"그렇습니다. 그러니 너무 염려하지 않으시길 바랍니다."

"아, 아니, 그게 아니라 내 방 안까지 따라오느냐는 말이오."

피월려와 진설린은 음양합일을 해야 하는 무공을 익혔다. 남녀가 정사를 나누는 음양합일은 타인에게 보여서 자랑스러울 것이 없다.

주하는 피월려의 본심을 읽어내고는 어깨를 들썩였다.

"피 공자께서는 볼 수 없으시지만, 제 방과 피 공자의 방은 바로 옆에 있습니다. 이대원만 사용할 수 있는 숨은 복도와 방이 곳곳에 있습니다. 하지만 피 공자의 방 안에서 일어나는 일은 저도 보려고 하지 않는 이상은 볼 수 없습니다."

"보려고 하지 않는 이상이라는 뜻은, 보려고만 한다면 얼마든지 볼 수 있다는 말 아니오?"

"사서 불쾌한 장면을 볼 이유는 없으니 심려 놓으십시오."

주하의 입가에 미세한 비웃음이 자리 잡았다.

기분이 나빠지는 것이 정상이나 워낙 표정이 없는 주하의 비웃음이라 피월려는 되레 신선함을 느꼈다.

그래도 받은 것은 돌려줘야 하는 것이 예의다.

"뭐, 알았소. 주 소저에게 이상한 취미가 없기를 바라겠소."

주하의 비웃음은 짧은 생애를 마감했다.

"그런 거 없습니다."

"있다는 말은 아니었소."

"……."

"……."

주하는 갑자기 사라져 버렸고, 피월려는 왠지 모를 기분 좋은 마음과 함께 침방으로 향했다.

제십삼장(第十三章)

피월려는 진설린의 꽃신이 놓인 문 앞에서 일각이라는 시간이 흐르도록 서성거렸다.

그는 전에 그녀를 울려 버린 것이 마음에 걸려 방 안에 들어갈 용기가 나지 않았다. 월루에서 만난 것은 워낙 뜻밖의 일이었고, 그도 제정신이 아닌 터라 유야무야 지나갔지만, 이번에는 확실히 매듭을 지어야 했다. 극양혈마공의 특성상 진설린과 음양합일을 주기적으로 해야 하는데, 틀어진 관계가 계속되면 엄청난 차질이 생길 수밖에 없기 때문이다.

여인의 속내를 이해한 적도 없고 이해하려고 해본 적도 없는 그로서는 이처럼 큰 고민도 없었다.

피월려는 크게 심호흡을 한 후 방문을 열었다.

그를 처음 반겨주는 것은 열린 방문으로 삐져나온 작고 귀여운 호랑이였다.

그 뒤로 사슴, 토끼, 늑대, 기린과 같은 동물로 시작해서, 온갖 사물과 자연이 방 안에 널브러져 있었다.

"앗! 아호가 밖으로 나갔네요. 들어올 때 데리고 들어와 주세요. 제가 아끼는 녀석이란 말이에요."

피월려는 놀람을 넘어선 경악을 만끽하던 중이기 때문에 그녀의 말이 귀에 들어오지 않았다. 그의 뇌는 눈앞에 펼쳐진 장관을 이해하기 위해서 온 힘을 쏟아붓고 있었다.

인형.

온통 인형이다.

당장 눈앞에 보이는 인형만 백을 가볍게 넘을 정도로 방 안은 온통 인형 세상이었다. 이 세상에 존재하는 모든 만물을 모두 인형으로 만들어 방 안에 모았으니 하나의 작은 세상이라 할 만하다.

방 안에는 사람의 신장보다 두 배는 더 큰 인형부터 시작해서 손바닥만큼 작은 인형까지 다양했다. 바닥을 가득 채우고도 모자라서 서로 뒤엉켜 있는 모습이 마치 발목까지 움푹 들어가는 갯벌을 연상시켰다. 절정고수의 검도 꿰뚫어 보는 피월려의 용안조차 그 방에서 발 디딜 틈을 찾을 수 없었다.

그러한 인형들 한가운데에서 진설린은 속이 모두 비치는 반투명한 백색 나삼을 두르고 나무 의자에 앉아, 늘씬한 다리를 꺼내놓고 발톱을 정리하고 있었다. 어두운 속옷과 묘한 조화를 이루는 것이 그날 밤을 연상시켰다.

그렇게 말을 잇지 못하던 피월려는 진설린을 볼 때마다 멍해지는 자신이 한심해졌다. 그는 마음을 다잡고 아무렇지 않은 듯 행동하기로 마음먹었다.

"이 인형들은 다 무엇이오?"

"아래 있는 건 신경 쓰지 말고 그냥 밟고 다니세요. 특별히 허락해 드릴게요. 그 대신 신은 꼭 밖에 벗어주세요. 여긴 정말 이상하지 않아요? 다들 집에서 왜 신을 신고 다니나 몰라."

"……."

피월려는 그녀의 말대로 신을 벗고 진설린의 꽃신 옆에 가지런히 놓았다. 그녀의 기분을 어떻게든 맞춰주고 싶었기 때문이다.

그가 들어서려는데 진설린이 그의 아래쪽을 가리키며 다급하게 말했다.

"잠시! 아호 데리고 들어오시는 거 잊지 마시고요."

"아호?

"발 아래 있잖아요!"

"이 호랑이 인형을 말하는 것이오?"

"호랑이 인형이 아니라 아호예요. 심장이 없다고 너무하시네요."

"그니까, 이 호랑이 인형의 이름이 아호냐는 말이오."

"호랑이 인형이 아니라니까요!"

피월려는 더 이상 대꾸하기를 거부하고 그것을 그냥 아무렇게나 집어 방 안으로 들어섰다.

마치 도살장에 끌고 가는 돼지처럼 목덜미를 움켜쥔 그 모습이 진설린은 마음에 들지 않았다. 그녀의 눈초리는 점점 날카로워졌고, 피월려가 성큼성큼 침상으로 걸어가서 몸을 누이려고 하자 쪼르르 달려와 그의 등을 밀쳐냈다.

"무슨 일이오?"

"잠깐만요. 그 지저분한 옷으로 제 침상을 더럽히겠다는 생각은 아니겠죠? 이 비단이 얼마나 귀한 것인데요?"

야명주의 빛을 물결처럼 반사하는 것이 확실히 좋아 보이기는 했다.

"그럼 나더러 어떡하라는 말이오?"

진설린은 손가락으로 한 곳을 가리켰다. 정확하게는 방에 붙어 있는 욕실이었다.

"가서 씻고 오세요."

"내가 씻는다고 옷이 씻어지는 것은 아니오."

"걱정하지 마세요. 제가 피월려에게 어울릴 만한 옷 한 벌을 샀으니까. 그 더러운 건 거기 두시고 안에 있는 새걸로 갈아입으세요."

"……"

"어서 가세요. 호호호! 좋아하실 거예요."

진설린은 아이처럼 배시시 웃었다.

속옷을 입은 여인이 당연히 가질 만한 수치심도 없다.

울음을 터뜨렸던 여인이 당연히 가질 만한 분노도 없다.

아비를 죽인 여인이 당연히 가질 만한 차가움도 없다.

피월려는 뭔가 소름이 돋는 듯했다.

"알았소."

그는 애써 아무렇지 않은 듯 그녀의 말에 따라 행동했다.

작은 욕조에 담긴 뜨거운 물에 몸을 맡기기를 잠깐, 그는 대충 몸을 씻어 내리고는 옆에 걸려 있는 백의를 입었다. 오랜 세월, 낙양인이 입었던 원령에 단추로 잠그는 식의 흔한 장의였으나, 그 비단의 질만큼은 최고급이었다.

수백 년간 낙양의 비단 상권을 지배한 황룡무가의 자녀답게 비단에 대한 안목이 대단한 것 같았다.

피월려는 아직 반쯤 젖은 머리카락을 쓸어내리며 다시 방안으로 들어왔다.

낙하강에서 흠뻑 젖었던 것부터 시작해서 동굴에 며칠간

갇혀 있기까지 그의 몰골은 말이 아니었다. 제대로 몸을 씻고 옷을 갈아입은 피월려의 변화는 진설린의 눈이 사슴처럼 동그랗게 변한 것만큼이나 컸다.

"우와! 멋있어요!"

피월려는 감흥 없는 표정으로 뚜벅뚜벅 걸어와서 침상에 몸을 뉘었다.

"이젠 뭐라 하지 마시오. 말한 대로 씻고 왔으니."

"에이, 알았어요. 그런데 그 가슴 쪽에 있는 단추는 안쪽으로 잠그는 거예요."

아무렇게나 풀어헤치듯 한 상의가 마음에 들지 않는지 진설린이 핀잔을 주었다. 피월려는 시큰둥한 목소리로 대답했다.

"내 출신이 북쪽이오."

애초에 낙양인의 옷은 북방의 영향을 받았다. 피월려도 장의를 입는 방법 정도는 충분히 알고 있었다.

진설린은 피월려의 상의 사이사이로 은근하게 내비치는 그의 근육을 흘겨보면서 얼굴이 붉게 변해갔다.

"그래도… 좀 보기 부끄럽네요."

"어차피 벗을 것 아니오?"

"헤? 그걸 그렇게 말해 버리면 어떡해요."

"반투명한 백삼에 흑색 속옷을 입은 여자가 할 말은 아닌 듯하오."

"그거야……!"

진설린은 갑자기 입을 다물었다. 확실히 지금 음란함을 논한다면 그녀가 할 말은 없었다.

피월려는 갑자기 풀이 죽은 그녀를 흘끗 보더니 물었다.

"항상 그렇게 입고 있소?"

"……"

"기녀도… 아니, 창기도 그렇게 입고 있지는 않소. 그런데 외간 남자 앞에서 아무렇지도 않게 행동하는 것이 그런 옷차림에 대해서 아무런 감각도 없을 정도로 오랫동안 즐겨 입었다는 것으로 생각되오만."

피월려는 언젠가 지금 진설린이 입은 그런 형식의 옷을 본 적이 있다. 지금 진설린이 입고 있는 옷은 피월려가 그녀를 죽이려 했던 그날 밤에 입은 그 옷과 매우 비슷했다.

진설린은 풀이 죽은 듯 고개를 숙였다.

"천음지체의 음기가 생기를 위협하기 시작하는 시기는 여덟 살 전후죠. 아마 그때부터 입었을 거예요, 이 옷."

"평복을 안 입는 것이 아니라 못 입는 것이었소?"

"보름밤이 아니면 어차피 방 안에서 한 걸음도 나가지 못했어요. 햇빛과 달빛의 영향을 받으면 음양의 조화에 대한 변수가 너무 많아지니까요."

"……."

"몸 안에 열을 가두지 못하는 이유도 그것과 일맥상통해요. 그래서 이런 옷을 입을 수밖에 없었죠."

"이젠 평복을 입어도 괜찮지 않소?"

"아, 이게 편해요. 처음에는 몇 번 입었지만, 그냥 원래 입던 게 낫더라고요."

피월려의 용안이 진설린의 영롱한 눈동자를 직시했다.

바로 그 저주받은 몸뚱어리와 가문의 속박에서 벗어나고자 그런 만행을 저지른 것이 아닌가? 남들이 입는 평복을 입고 남들이 즐기는 햇빛을 즐기고 남들이 누리는 자유를 누리기 위함이 아닌가?

진설린은 바닥에 있는 구름 인형을 들어서 품에 안고는 손가락으로 겉을 쓸어내렸다.

그 모습이 어쩐지 안쓰러웠다.

피월려는 한동안 그녀를 보다가 그의 머리맡에서 무시무시한 표정으로 내려다보는 도깨비 인형을 집으며 물었다.

"이 인형은 이름이 뭐요?"

진설린이 슬며시 고개를 들었다.

그녀의 눈동자가 도깨비 인형과 피월려 둘 사이를 번갈아 움직였고, 한 번 움직일 때마다 그녀의 표정이 눈에 띄게 밝아졌다.

"아수라요!"

생각보다 큰 목소리에 피월려는 순간적으로 놀랐으나 곧 침착하게 물었다.

"아, 그 투신(鬪神) 아수라 말이오?"

"네!"

방긋 미소를 지은 진설린이 갑자기 그에게 달려왔다. 어린 아이와 같은 해맑은 미소와 대조적으로 반투명한 천이 넘실거리는 와중에 비치는 살결은 매혹적이기 그지없었다.

진설린은 피월려의 앞에 무릎을 꼬고 앉아서 그 인형의 머리에 난 뿔을 가리키면서 말했다.

"이건 제가 열여섯 살에 받은 건데요, 하루도 안 지났는데 이 뿔이 찢겨 버린 거예요. 그래서 제가 이틀 밤을 새워서 다시 붙여줬죠. 헤헤헤. 그리고 이 눈은 말이죠……."

도깨비 인형에 관한 것치고는 상당히 많은 양의 이야기가 진설린의 입에서 쉴 틈도 없이 쏟아져 나왔다. 귀가 지쳐오기도 하지만 피월려는 진설린의 묘한 백치미에 빠져 그녀의 말에 맞장구를 쳐주기도 하면서 그녀의 말을 경청했다.

얼마나 시간이 지났는지 모르지만, 진설린은 그 도깨비 인형에 관한 이야기를 모두 마치고 이젠 자기가 가지고 있던 구름 인형으로 화제를 넘기려 했다.

"이건 몽운(夢雲)이에요. 이 녀석은 다른 것보다 푹신해서 그냥 품에 가지고 있기가 참 좋아요. 근데 제가 사실 전에는 별로 안 좋아……."

피월려는 그녀의 어깨를 거칠게 잡고는 입을 맞추었다.

진설린은 한동안 어떠한 반응도 할 수 없었다. 잠시 후, 피월려는 아무 일도 없었다는 듯이 입술을 떼었다.

피월려가 입술을 대었을 때와 떼었을 때, 진설린의 표정은 한결같았다. 그녀는 한 손을 들어 입술을 거칠게 닦으면서 볼을 부풀렸다.

"생각보다 별 느낌 없네요."

"……."

"연애소설은 정말 많이 읽었는데… 다 거짓말이네."

"미, 미안하오."

피월려는 머리를 긁적이며 속으로 한숨을 내뱉었다.

그가 지금껏 품어본 여자는 모두 기녀 아니면 창기였다. 그 나이에 한 번쯤 해봤을 사랑 같은 것은 꿈속에서나 있는 일이다. 매일같이 배신하고 배신당하며 죽음의 문턱에서 바동거리다가 다른 이의 생명을 발판 삼아 겨우 생명을 연장하는 삶의 연속. 그 속에서 사랑 같은 감성을 좇다가는 실컷 이용만 당하고 뒤통수에 칼 맞기 십상이었다.

돈으로 우위를 점해야만 여자를 여자로 대할 수 있던 피월려는 동등한 입장을 가진 여인의 마음을 헤아리고 보살필 만한 능력도 경험도 없었다.

패배의 쓴잔을 들이켠 것만큼이나 괴로운 수치심이 그의 마음속 깊은 곳에서부터 끌어 올라왔다. 그가 진설린의 눈을 마주치지 못하는 사이, 진설린이 양손을 들어서 그의 얼굴을 잡고는 살포시 눌렀다.

그러자 피월려의 얼굴이 우스꽝스럽게 변했다.

"지, 진 소저?"

그녀의 미소가 한없이 깊어졌다.

"전에 나한테 그랬죠? 나도 이제 무림인이라고."

"……"

"오늘 우리는 남녀가 사랑을 나누는 것이 아니라 단지 무공을 익히는 것이에요. 맞죠?"

한없이 부드러운 진설린의 눈빛을 마주 보던 피월려의 눈빛이 점차 낮게 가라앉았다.

그의 눈빛이 곧 무림인의 것이 되었다.

그가 말했다.

"미안하오. 순간 감정이 동했소."

진설린의 미소가 서서히 사라졌다.

"나도 피 공자도… 이 일을 어려워할 이유는 없어요."

"……"

"그렇죠?"

"……."

"내 말이 맞죠?"

"……."

"대답해 주세요."

"그렇소."

진설린은 피월려에게 입술을 가져가며 나삼을 벗었다. 살과 살이 맞닿았고, 서로의 내음이 뒤섞였다. 몸이 쓰러지듯 피월려가 침상에 몸을 뉘었고, 그 위로 진설린이 올라탔다. 다소 적극적인 태도에 놀란 피월려는 심장이 터질 듯했다.

그러나 곧 피월려는 진설린의 몸에서 미세한 떨림을 느낄 수 있었다.

부드러운 입술도 차가운 피부도 그의 털을 간질거리며 진설린이 느끼는 긴장감을 전해주었다.

진설린의 차가운 온도가 피월려의 뜨거운 몸을 식혔다.

피월려는 웃었다.

물론 속으로.

그가 진설린의 머리를 뒤로 쓸어내리며 작게 속삭였다.

"후회하지 않을 자신 있소?"

진설린은 아무런 말을 하지 않았다. 그녀는 이미 후회하고 있을지도 모른다. 그러나 바닥에 엎질러진 물은 담을 수 없는 것 아닌가.

천마신교가 아니라면 그녀는 어디로 갈 것인가?

"눈을 감으시오. 그게 편할 것이오."

진설린은 머리를 쓰다듬던 피월려의 손을 갑자기 탁 쳐내었다.

"싫어요. 피 공자가 감아요."

"……."

"감아요!"

피월려는 순순히 눈을 감았다.

그러자 곧 그의 입술을 덮치는 그녀의 입술을 느끼게 되었다.

처음에는 혀가.

다음에는 옷이.

마지막으로는 몸이.

원래부터 하나였던 것처럼 침상 위에서 섞였다.

\*　　　　　\*　　　　　\*

피월려는 주먹을 쥐어보았다.

근육이 흔들리고 뼈가 부들부들 떨렸다. 이대로 더 힘을 주다가는 부러져 버리지 않을까 걱정이 될 정도이다. 그러나 피월려는 무심한 눈길로 자신의 주먹을 빤히 바라보기만 할 뿐 힘을 뺄 생각이 없어 보였다.

그는 주먹에 힘이 완전히 들어가지 않는다고 생각했다. 마치 잠을 자고 막 일어났을 때와 같다. 바들바들 떨리는 주먹의 겉모습은 충분히 한계에 다다른 것처럼 보였으나 그가 아는 한계는 이 정도가 아니었다. 한 손으로 뼈를 끊어버리던 그 놀라운 힘은 어디로 갔는지 도통 찾을 수가 없었다. 정사를 치렀기 때문에 오는 나른함이 이유가 되는 것 같지는 않았다. 이것은 단순히 근육과 관계된 문제가 아니라 그보다 더욱 깊은 곳에서 작용하는 내력의 문제였다.

극양혈마공의 비정상적인 내력이 사라진 것이다. 마기는 쥐 죽은 듯 완전히 조용했다. 그 대신 정신은 개운하다 못해 깨달음을 얻은 것같이 맑았다. 피월려는 눈을 감고 극양혈마공을 되새겼다.

우두둑, 우득.

그의 손등의 핏줄이 징그럽게 튀어 올랐고, 근육은 비틀어지며 찢어졌다. 깊은 곳에 잠자고 있던 마기가 점차 수면으로 올라와 그 강대한 존재감을 드러내었다.

꿈틀!

순간, 피월려는 화들짝 놀라 주먹을 폈다. 머릿속 깊은 곳에서 웅크린 마공의 움직임을 느낀 것이다. 그의 감정 변화가 기를 움직였고, 마기는 다시 바닥으로 가라앉았다.

피월려는 첫 음양합일을 통해서 극양혈마공을 완전히 이해했다.

구결을 읊으며 마기를 끌어 올리면 순간적으로 양의 특성을 띤 내력을 얻을 수 있으나, 쓰면 쓸수록 음양의 격차가 벌어지면서 점차 정신이 마기에 침범을 당하여 오염된다. 그리고 그것을 극음귀마공을 익힌 상대와의 음양합일을 통해서 다시 균형을 맞추는 것이다.

실로 놀라운 내력을 제공하는 마공임에는 틀림이 없으나 그 취약점이 너무나 드러나 있다. 누구라도 피월려를 죽이고 싶다면 피월려를 직접 상대할 필요도 없이 피월려가 진설린과 음양합일을 하지 못하게 막으면 그만이다. 그냥 진설린을 만날 수 없게 해놓으면 평생 음기에 허덕이는 신세를 면치 못하게 되는 것이다.

피월려는 동자공을 익힌 한 사내를 기억했다. 동자공은 단 한 번도 성교를 하지 않는 남자가 순양지기(純陽之氣)를 기반으로 익히는 내공으로, 성관계를 하면 모든 내력을 손실하는 치명적인 약점이 있는 내공이다.

그 남자는 이름이 잘 기억나지 않았으나 동자공을 익혔다는 사실을 아주 잘 나타내는 별호를 가지고 있었다. 이미 세간에 그의 약점이 알려져 버린 것이다. 그럼에도 그는 낭인으로 오 년 이상 버텼다. 먹는 음식부터 시작해서 지나가는 행인들까지도 항상 의심하며 말이다.

참 딱하다고 생각했는데, 자기가 그보다 더 심한 꼴이 될 줄이야. 피월려는 자기의 수명이 팍팍 줄어드는 소리가 귓가에서 맴도는 것 같았다.

"무슨 생각해요?"

피월려의 품에서 고개를 묻고 있던 진설린이 그를 올려다보며 물었다.

어색하지만 그래도 전보다는 친밀하게 들리는 그녀의 목소리가 피월려는 좋았다.

그가 말했다.

"마공에 변화가 좀 온 것 같아, 거기에 대해서 생각하고 있었소."

진설린이 고개를 갸웃했다.

"음, 무언가 안정되고 편안해진 느낌?"

"그렇소."

"저도 느껴져요. 생강시가 되고 나서부터 마음속이 텅 비어 버린 느낌이었는데… 지금은 생기가 가득 차 있는 기분이라고 해야 하나? 좋은 느낌이에요."

확실히 그런 느낌이다.

피월려는 그녀의 머리카락을 쓰다듬었다. 그런데 문득 방 안의 모습이 눈에 들어왔다. 큰 야명주가 중심에 박혀서 빛을 발하고 있고 그 아래로는 수많은 인형이 가득 차 있다. 화려한 그림이 그려진 장롱과 상이 놓여 있고, 침상과 벽은 고풍스러운 천으로 치장되어 있다. 어린 소녀에게 가지고 싶은 방을 상상하라면 딱 그려질 모습의 방이다.

피월려는 궁금증이 들었다.

"여기 있는 인형은 전부 황룡무가에서 가져온 것이오?"

진설린은 뿌듯하다는 표정을 지어 보였다.

"인형뿐만 아니라 천도 가구도 다 가지고 온 거예요. 처음에는 숙부께서 거절했는데 린지 언니랑 같이 가서 부탁했더니 반나절도 안 지나서 그대로 가져왔지 뭐예요."

"전에 쓰던 방도 그리 나쁜 건 아니지 않았소?"

"그거야 그렇지만… 제 방이 아닌 곳에서 지내려니까 좀 싫어서요. 내 마음대로 바꿨다고 뭐라 하는 거 아니죠? 이틀 동안이나 코빼기도 안 보였던 건 피 공자잖아요."

피월려는 오랜 낭인 생활 때문인지 지붕 아래에서 자는 것만으로도 충분히 만족했다. 방 안에 인형이 있고 없고는 전혀 중요하지 않았다.

"물론 그런 뜻은 아니었소. 그냥 이런 복잡한 일을 왜 굳이 했는지 남자로서 이해하기 어려웠을 뿐이오."

진설린은 입술을 삐죽였다.

"남자들은 원래 그런 부분이 좀 부족하죠. 피월려가 여자가 아닌 이상 내 기분을 이해하지 못할 거예요."

피월려는 다른 여자들도 이해하지 못할 거라는 확신이 들었다. 그녀의 행동은 단순히 그녀가 인형을 좋아한다는 것을 넘어서 집착에 가까웠기 때문이다.

가문을 등지고 아비를 살해한 조카가 불쑥 찾아와서 자기 방에 있는 물건들을 챙겨 나가겠다고 말한다. 진파쾽은 어떤 기분이 들었을까?

왠지 진설린은 순수한 표정과 목소리로 아무렇지도 않게 요구했을 것 같다. 그리고 진파쾽은 그런 모습에서 괘씸하다는 생각을 하기보다는 이유 모를 위화감을 느꼈을 것이다.

아니, 공포마저 느꼈을 수도 있다.

피월려는 대전에서 면담하는 두 남녀가 저절로 머릿속에 그려졌다.

그의 입가에 의미를 알 수 없는 작은 미소가 그려졌다.

"으응? 지금 비웃는 거죠?"

피월려는 표정을 굳혔다.

"아니오."

"아닌데. 확실히 비웃는 건데."

"내가 비웃을 것이 뭐가 있소?"

"흠, 그건 모르겠는데, 방금 그 웃음은 비웃는 게 분명해요."

피월려는 불쾌감을 드러내며 한쪽 눈썹을 찌푸렸다.

"왜 내 미소가 꼭 비웃음이라 생각하시오?"

"왜냐면 피 공자는 표정이 별로 없으시잖아요."

"그게 무슨 상관이오?"

"제 생각에는 말이죠. 표정이 별로 없는 사람들은 툭하면 다른 사람을 비웃는 고약한 버릇이 있어요."

"허무맹랑한 낭설이오."

말은 그렇게 했으나 머릿속에서 이상하게 주하의 얼굴이 떠올랐다.

비웃음과 함께.

진설린은 눈길을 거두었다.

"뭐, 피 공자가 그렇게 말씀하신다면야."

진설린은 팔다리를 뻗으며 침상에서 일어났다. 그러고는 조금 빠른 걸음으로 욕실로 향했다.

진설린은 단순히 움직이는 것만으로도 음심을 자극하는 색기를 풍겼다. 피월려는 자기도 모르게 그녀를 보다가 곧 부끄러움을 느끼고 고개를 돌렸다.

그때, 진설린이 문틈으로 고개를 빠끔히 내밀었다.

"난 여기 없는 걸로 해줘요. 알았죠?"

피월려는 그 말을 전혀 이해할 수 없었다. 그가 뭐라 되물으려는 찰나, 갑자기 방 밖에서 나지오 특유의 쾌활한 목소리가 들렸다.

"여어, 피월려! 지부로 돌아왔다며? 안에 있어?"

나지오의 갑작스러운 등장에 마음이 다급해진 피월려는 어지럽게 풀어진 옷깃을 서둘러 정리했다.

"나 선배? 나 선배가 어쩐 일이오?"

피월려의 대답에 문에 비치는 나지오의 그림자가 덩실거렸다.

"뭐, 술이나 한잔하자고. 황룡무가의 일이 잘 마무리돼서 다들 시간이 비었나 봐. 그래서 일대원들하고 대주들하고 다 같이 밥 좀 먹자네? 올 놈은 오고 오지 않을 놈은 오지 않겠지만 뭐, 다른 사람들이랑 안면도 틀 겸 해서 너도 오라고."

그러고 보면 아직 지부 내에서 사적으로 사람들을 만난 적이 없다. 피월려는 이 기회에 지부 내의 사람들을 보는 것도 좋을 것 같다고 생각했다.

피월려는 욕실 쪽을 한번 돌아보았으나, 진설린의 모습은 보이지 않았다.

"흠, 그런 것이라면… 알았소. 조금만 기다려 주시겠소?"

"어, 알았어. 빨리 나와."

피월려는 고양이, 사슴, 나뭇잎, 소녀, 낚싯대, 반달을 차례대로 밟고는 욕실 문을 슬며시 열었다. 안에서는 진설린이 몸을 씻는지 물소리가 나고 있다.

"저… 진 소저?"

"아? 네?"

"지금 나 선배가 술 한잔하자고 하는데 가시겠소?"

"호호호, 남자들이 술을 마시는데 여자인 내가 가도 되겠어요?"

"서린지 소저나 이대주도 올 것 같고 그냥 친목 차원에서 다들 만나는 것 같으니 이참에 진 소저도 가는 것이 좋지 않겠소?"

"글쎄요. 별로 방 밖으로 나가고 싶지 않아요. 다녀오세요."

피월려는 방 밖으로 나가고 싶지 않다는 그 말이 왠지 신경 쓰였으나 따로 묻지는 않았다.

"정 그렇다면 알겠소."

"네, 다녀와요."

진설린은 물에 몸을 담갔고, 피월려는 곧 방 밖으로 나갔다.

＊　　　　＊　　　　＊

피월려는 나지오의 발걸음에 맞춰서 한동안 지부 안의 복도를 걸었다.

똑같은 배경을 연속적으로 보니 시각과 청각이 점점 마비되는 듯했다. 곧 도착하겠지 하며 어지럼증을 견뎌내고 걷기를 한참, 전에 입구에 도착했던 시간을 서너 배나 훌쩍 넘겼다.

피월려는 묻지 않을 수 없었다.

"혹시 길을 잃어버린 것은 아니오?"

나지오는 걸음을 멈추지 않으며 대답했다.

"응? 왜?"

"아니, 그냥 평소보다 오래 걸리는 것 같아서."

"아, 이쪽으론 처음이지?"

"이쪽이라 하심은?"

"흠, 그러고 보니 딱히 이름이 있는 건 아니네. 그러니까 동쪽 입구라 해야 하나?"

"동쪽 입구라면, 이 지부의 입구가 하나가 아니라는 말이오?"

"당연하지. 설마 존양에만 입구가 있다면 천오백이 넘어가는 인원이 어떻게 편안하게 들락날락할 수 있겠어? 만약 마인이 천 명 단위로 낙양에 돌아다니면 선전포고나 다름없지. 아직 다른 입구는 허락받지 못했나 보지?"

"허락받지 못했다기보다는… 누구 하나 알려주는 사람이 없었소."

"그게 그거야. 아, 골치 아프네. 모르는 입구로 그냥 데리고 나가도 되려나?"

나지오는 볼을 수시로 들썩거렸다. 그는 언짢은 눈빛으로 피월려의 몸을 위아래 몇 번 훑더니 오른손으로 수염도 별로 없는 턱을 쓸었다.

그때, 피월려의 그림자에서 주하가 땅에서 솟아나듯 나타났다.

"데리고 나가셔도 됩니다. 피 대원은 허락받으셨습니다."

나지오는 고개를 옆으로 불쑥 내밀어 주하를 보았다.

"아, 그래? 그나저나 오랜만이야?"

"네."

"이왕 나왔으니 말인데, 들어보니까 나한테 화났다면서? 말해봐. 무슨 일인데?"

주하는 갑작스러운 그의 질문에 머뭇거리더니 곧 입을 열었다.

"오대주께 직접적으로 화가 난 것은 아니고, 전에 천라지망에서 이대원들이 너무 소극적이어서 피해가 커졌다는 보고가 제오대에서 있었습니다. 그것 때문에 위에서 부당한 질책이 있었습니다."

"부당한 질책? 뭐, 좋아. 누가 그런 보고를 한 거야?"

"삼단주 구양모입니다."

"크크크, 그럴 줄 알았지. 내가 투덜이만 모아서 제삼단에 처넣었거든. 본 교를 통틀어서 천마신교 낙양지부 제오대 삼단주만큼 투덜거리는 놈이 없지. 그냥 그러려니 해."

"......."

주하는 무표정으로 일관했고, 나지오는 피식거리며 다시 피월려에게 시선을 옮겼다.

"그런데 말이야, 허락을 받았다면서 왜 동쪽 입구를 모르는 거야?"

대답은 주하가 대신했다.

"지도를 아직 암기하지 못하신 듯합니다."

나지오는 몸을 돌렸다.

"쯧쯧쯧, 숙제는 잘해야지."

피월려는 순간 나지오의 표정에서 미세하게 피어났던 무언가를 포착했다. 말로 표현하기는 어려우나 생각하면 생각할수록 무언가 기분이 상해지는 것이 그리 좋지는 않았다. 그리고 다시 그림자 속으로 사라지는 주하의 표정에도 비슷한 것이 떠올라 더욱 기분이 언짢아졌다.

한동안 그들은 직진했다.

문도 갈림길도 없이 한쪽으로만 똑같은 복도 위를 걷다 보니 공간 감각만큼이나 시간 감각도 마비되는 것 같았다. 언짢았던 기분 따위는 점차 쌓이는 정신적인 피로에 모두 휩쓸려 희미해진 뒤였다.

도착지에 얼마나 걸릴지 궁금해진 피월려가 막 물으려 할 때 나지오가 먼저 말을 꺼냈다.

"피 후배는 왜 천마신교에 입교한 거야?"

피월려는 고개를 들어 나지오의 뒷모습을 보며 속으로 생각했다.

인간관계는 꼭 이 선에 부딪칠 때가 있다.

가장 처음 시작되는 단계이자 타인에서 이웃으로 넘어오는 단계, 바로 사적인 질문이다.

평소의 피월려라면 이런 질문에 대해서 퉁명스럽게 대답하며 자신의 정보를 전혀 내주지 않았을 것이다. 질문하는 사람조차 내가 대답하고 싶지 않아한다는 것을 느낄 수 있을 정도로 입에 발린 소리만 하는 것이다. 혹도의 무림은 잔인하고 냉정했고 그에게 인생의 쓰디쓴 맛 말고는 가르쳐 준 것이 없다.

그러나 이번에는 고민이 되었다.

천마신교라는 이 공동체에서 그는 아직 타인인가, 동료인가?

하나의 이해관계를 위해서 동료라 할 수 있는 신물주를 망설임도 없이 죽였던 피월려.

황룡무가에서 죽음의 위기에 놓였음에도 불구하고 입을 함구했던 피월려.

그 둘 중 무엇을 선택해야 하는가?

나지오가 그의 대답을 기다리며 초조해진 것이 그의 발걸음에서 묘하게 드러났다. 피월려는 그의 뒤꿈치를 보며 입을 열었다.

"나 선배는 무엇 때문에 들어오셨소?"

나지오는 한동안 대답이 없다가 들릴 듯 말 듯 말했다.

"뭐, 나야 강해지기 위해서지."

퉁명스러운 대답이다.

피장파장이라.

피월려는 간단하게 고민을 해결했다.

"나 또한 강해지기 위함이었소."

나지오의 걸음은 전과 그 어떠한 차이점도 보이지 않았으나, 피월려는 나지오가 자기가 했던 고민을 똑같이 하고 있다는 것을 어렴풋이 알 수 있었다.

나지오는 결국 말을 꺼냈다.

"난 원래 화산파 출신이야."

피월려는 순간 걸음을 멈출 정도로 놀랐다. 나지오가 자신의 이야기를 한 것과 그것이 화산파와 연관이 있다는 것 이 두 가지 모두 피월려의 예상과는 완전히 벗어났기 때문이다.

화산파는 소림사, 무당파와 함께 백도의 구파일방에서 가장 영향력 있는 삼강(三强)이다. 그 역사가 천 년에 가깝고 섬서, 산서, 하남이 교차하는 화산에 자리를 잡고 있으며 그 지역에 막대한 힘을 과시하는 문파이다. 지금까지 천하제일고수를 수십 번이나 배출했고, 지금껏 화산의 속가제자가 세운 문파의 숫자도 백을 넘는다. 가히 백도무림의 최고봉 중 하나로서 그 위엄이 대단하고 명성 또한 뛰어나다. 무림에서는 단순히 화산파의 제자라는 것만으로도 적으로 상대하기를 꺼리고 어떻게든 잘 보이고자 안간힘을 쓴다.

그들은 처음 도가 계열에서 출발한 점 때문인지, 깨달음과 수행을 중요시하며 폐쇄적인 경향이 짙다. 따라서 중원무림에서는 그들과 한번 안면을 트는 것조차 어려울 정도다. 그러니 그런 백도의 중심 중 하나인 화산파 출신이, 그것도 천마신교 내에 있는 것을 보고 놀라지 않을 사람은 극히 드물 것이다.

피월려가 물었다.

"화산파 출신이 어떻게 마교에 입교하게 되었소?"

나지오는 머리를 긁적이며 대답했다.

"화산에서 매우 안 좋은 일이 있었지. 어쩌다가 마공을 익히게 되었어. 그러다가 거기 가담한 녀석들은 모조리 파문당했거든. 나도 포함해서. 아니, 내가 주동자였지, 사실."

"그 일을 계기로 천마신교에 입교한 것이란 말이오?"

"단순히 그런 건 아니고, 백도문파는 너도 알겠지만 규율을 매우 소중하게 생각하지. 파문할 때는 지금까지 가르친 무공을 모두 회수하겠다는 의미에서 단전을 파괴해. 다른 건 모르겠지만 무공을 잃어버리는 건 정말이지 싫었어."

"그래서 도망친 것이오?"

"극도로 화난 화산파에서 우리 이름 하나하나에 모두 척살령을 내렸거든. 백도무림에서 그것이 받아들여지고 나서부터는 정말 죽을 맛이더군."

"역시 백도문파이오. 자비를 입에 달고 살면서 무자비의 극치를 보여주는군."

"뭐, 그래도 흑도문파처럼 추살령을 내린 것이 아니니까 조용히만 지내면 괜찮았지. 그런데 무인이 가만히 있는 게 돼? 마공을 익힌 이상 어차피 갈 곳은 천마신교뿐이니, 입교했지."

"참, 소설 같은 이야기이오."

"믿기 어렵겠지만, 뭐 어쩌겠어? 그게 진실인걸."

"그럼 같이 들어온 동문은 어디에 소속되어 있소?"

"아, 그놈들? 솔직히 처음 들어올 때는 반란과 첩보를 염려해서 다 뿔뿔이 흩어놓을 줄 알았는데 다 같이 어떤 장로 아래에 소속시키더군. 그분을 조금 섬기다가 낙양지부가 설립될 때 제오대에 들어가게 되었지. 다른 마인들과 구분해서 나는 우리를 매화마검수라 불러."

"매화마검수? 혹시……."

"맞아, 매화검수. 나나 그놈들이나 죄다 화산파에서도 이름 높기 그지없는 그 위대한 매화검수 출신들이지. 그 허울만 좋은 방패막이. 크크크."

나지오는 비웃었지만 매화검수는 결코 나지오가 비웃을 만한 집단이 아니다.

화산파 같은 백도문파는 따로 무력 집단을 만들 필요가 없었다. 산에만 틀어박혀 수행하는 것이 그들의 일생인데, 낙양지부의 제일대, 제이대처럼 만들어보았자 할 일도 없기 때문이다. 그러나 상징적인 의미로 하나씩은 가지고 있는데, 소림사에서는 십팔나한, 무당파에서는 태극진인, 그리고 화산파에서는 매화검수라 불렀다.

그들 대부분의 수준은 무림 어디에서도 알아준다는 일류이며, 절정고수도 다수 포함되어 있는 만큼 그 힘이 강력했다. 실제로 가끔 무림에 나오는 희대의 살성을 추살하거나 외세의 침입을 막는 등의 영웅적 업적을 이루는 것도 그들이다.

그들은 절대 '허울만 좋은 방패막이' 소리를 들을 만한 집단이 아니다.

피월려가 물었다.

"그럼 나 선배와 동료는 매화검수에서 매화마검수가 된 것이오?"

"그렇게 보면 되지. 웃기는 게, 과거에도 나 같은 패륜아들이 꽤 있었는지 화산파의 내공과 검공 중 상당수가 이미 마공화되어 있더라고. 정공을 하나하나 체계적으로 마공으로 바꿔 익히는 재미가 쏠쏠했지. 파문당해서 입교한 화산파의 선배들이 자기와 같은 처지에 처한 후배 배신자들을 위해서 준비한 안배가 아주 훌륭하더라고. 큭큭큭. 그중에서도 자하마공과 매화마검무는 탄성이 절로 나오지."

"화산파에서 파문당해서 입교한 제자들이 그리 많았던 것이오?"

나지오는 입술을 모으고 공기를 빨아들이는 듯한 이상한 소리를 내었다. 고개를 갸웃갸웃하는 것이 적당한 대답을 찾는 듯싶다.

그가 곧 대답했다.

"숫자가 많지는 않았을 거야. 그러나 구역질이 나는 화산파, 아니, 백도문파의 세력 다툼을 보면… 마지막에는 꼭 정치적인 셈에는 능하지 못한 무공광들이 잘려 나가지. 그러니 본교에서 받아들인 배신자 선배님 중 상당수가 무공이라면 침을 질질 흘리는 사람들이었을 게 분명해. 뭐 애초에 마인이 되기를 선택한 것부터가 새로운 무공을 맛보기 위해서일 테니까 그 성품이 뻔하지 않아? 그러니 정공을 마공으로 바꾸는 연구를 하지 않았을 리 없지. 실제로 화산파뿐만 아니라 마와 극상성인 소림의 무공을 제외하고 다른 구파일방의 정공으로부터 파생된 마공도 아주 많아."

재밌는 이야기다.

나지오의 말은, 즉 천마신교 내에 구파일방의 배신자를 위한 안배가 잘 마련되어 있다는 것이다. 그리고 그 뜻은 그런 배신자가 지속적으로 있었다는 것이다.

"역시 본 교의 역사가 오래되긴 오래된 듯하오."

피월려의 말에 나지오가 고개를 끄덕였다.

"웬만한 백도문파, 아니, 구파일방과도 비견될 만한 수준이지. 그런데 마공을 익힌 기분은 어때? 역혈지체를 하루 만에 이뤘다면서?"

나지오가 갑자기 주제를 바꾸자 피월려는 그가 더는 자신에 대해서 이야기하기를 원치 않는다는 것을 깨달았다. 아니, 엄밀히 말하면 피월려에 대해서 이야기하고 싶은 것일 것이다.

"극양혈마공이란 마공을 익혔는데, 불균형이 심각한 놈이라 한동안 정신이 위태위태했소."

"흐음, 이젠 마기로 인해서 인성이 사라지는 위험은 없을 텐데?"

"마공 자체의 문제가 아니라 음양의 불균형이 문제인 듯하오."

"에이, 그건 마기의 폭주 때문이 아니라 음양의 불균형으로 정신이 오락가락해지는 거네. 그거야 역혈지체로도 어떻게 할 수 없지."

피월려는 턱을 쓰다듬으며 잠시 고민했다.

"자세히는 잘 모르겠소. 그런데 자하마공은 어떤 위험이 따르는 마공이오?"

나지오는 손사래를 치며 대답했다.

"위험? 그런 건 전혀 없어. 자하마공은 그냥 자하신공을 역혈지체에서 사용할 수 있게 해주는 일종의 변환 장치일 뿐이야. 자하신공으로 쌓을 수 있는 내력을 마기로 바꾸는 거지. 물론 언제든지 마기를 폭주시켜 큰 힘을 얻을 수 있지만."

이 뜻은 마공 자체가 위험하다기보다 극양혈마공이 좀 유별나게 위험하다는 뜻이다.

피월려는 한숨을 내쉬었다.

"내가 생각할 때는 극양혈마공의 마기는 항시적으로 은은하게 몸속에서 폭주하는 듯하오."

나지오는 손가락 하나를 세웠다.

"은은하게 폭주한다. 이거 조금 어폐가 있지 않아?"

"그러니까… 폭주한다기보다는 항상 마기가 온몸을 감싸고 있다는 느낌이랄까?"

나지오의 걸음이 멈췄다.

"그 마공, 무단전이지?"

"그렇다 들었소."

"……."

나지오는 항상 표정이 살아 있는 남자다.

피월려는 그의 표정이 지금과 같이 심각해진 것을 본 적이 없다.

"왜 그러시오?"

"혹시 최근에 감정이 무뎌지거나 한 경험 없어? 그러니까 주소군처럼 말이야."

주소군은 어떠한 것에도 동요하지 않는 죽은 사람과 같다.

그런 경험은 없다.

"그런 적은 없는 것 같소."

나지오는 눈썹을 찡그렸다. 그러나 곧 손뼉을 치며 다시 물었다.

"아, 극양혈마공이니까 양에 치우친 마공이겠지. 그러면 감정이 무뎌지는 게 아니라 격해지는 것이지."

"무슨 말을 하는 것이오?"

"그러니까 마공이라는 것이… 마기를 폭주시키면 마공에 따라 세 배에서 다섯 배까지도 강한 힘을 얻게 되지만, 그동안에는 조금 성격이 변해. 마기에 영향을 안 받을 수는 없으니까. 그런데 만약 네 말대로 항시 폭주 상태라면 항시 성격이 변해 있을 가능성이 있어."

피월려는 이제 그의 말과 그 심각성에 대해서 이해하기 시작했다.

"그로 인해서 인성 자체가 변한다는 말이오?"

"그렇지! 인성이 마비돼서 성격이 변하는 것과 다르게 항시 마기가 겉돌고 있으니 그 마기의 영향을 항상 받는 거야."

"흠……. 그런데 주 형은 왜 언급한 것이오?"

"아, 그거야 그 녀석, 무단전의 마공을 익혔거든. 너랑 다르게 음의 경우이지만. 그래서 그 녀석 성격이 그런 거야. 음한 마기의 영향을 항시 받아서. 혹시 너 최근에 성격의 변화를 느낀 적 없어?"

피월려의 머릿속에 갑자기 진득한 피를 토하며 죽은 신물주의 처참한 몰골이 떠올랐다.

그는 설마하는 마음에 목소리가 작아졌다.

"조금… 과감해졌다고 해야 하나. 뭐, 그렇소."

그는 천마신교에 처음 들어와서는 계속 위축되었었다. 그랬던 그가 망설임도 없이 바로 신물주를 죽이는 과감한 판단을 한 것은 무언가 다른 영향이 있다고밖에 생각할 수 없었다.

나지오가 그의 어깨를 잡았다.

피월려는 고개를 들었다.

그곳에 한 단어로 표현할 수 없는 감정이 섞인 눈동자가 있다. 그것은 피월려의 눈을 타들어가듯이 바라보고 있었다.

나지오가 말했다.

"살인을 자제해."

"……."

"최대한 말이지."

"뭐, 노력은 해보겠소."

나지오는 고개를 끄덕이더니 걸음을 걷기 시작했다.

한동안 멍해져 깊은 생각에 잠긴 피월려는 나지오와의 거리가 두 장 이상 차이가 벌어지고 나서야 그를 따라갔다.

*　　　　　*　　　　　*

그들은 곧 동쪽 입구에 도착했다.

큰 복도 전체가 문으로 된 존양의 입구와는 달랐다. 그의
방문보다 조그맣고 허름했다. 그 뒤로 구불구불한 동굴이 나
왔고, 반각 정도 걷더니 다시 사다리를 타고 올라갔다.

그러자 퀴퀴한 냄새가 코를 찌르는, 먼지가 가득한 곳이 나
왔다. 사방이 더러운 휘장으로 둘러싸여 있어 시야를 확보할
수 없었다. 나지오가 앞장서서 걸으며 휘장을 젖힐 때마다 공
기 중으로 먼지가 뿌연 안개처럼 퍼졌고, 피월려는 입을 손으
로 가리며 그의 뒤를 쫓았다.

몇 걸음을 걸으니 이번에는 검붉은 천으로 온몸을 둘러싸
고 죽은 듯이 앉아 있는 한 노파가 나타났다. 양손을 모으고
눈을 감은 것이 꼭 명상하는 스님과 같았다. 그리고 그 노파
의 앞에 있는 작은 식탁 위로 이상한 물건들이 널브러져 있었
는데 피월려는 그 물건들을 싸구려 점쟁이들에게서 많이 보았
던 것을 기억했다.

나지오는 그 노파를 지나치면서 쳐다보지도 않고 툭 내뱉
듯 말했다.

"나간다."

그 노파는 머리를 끄덕이는 것으로 대답을 대신했다. 그것은 미세한 진동이라 해도 좋을 만큼 작은 움직임이었다.

이에 피월려도 따라 나가려는데, 그 노파가 갑자기 눈을 뜨면서 말을 꺼냈다.

"피월려가 맞는가?"

듣는 것만으로도 기분이 답답해지는 걸걸한 목소리이다.

피월려는 순순히 대답했다.

"그렇소만?"

"입교한 지 이제 막 십 주야가 지났거늘 어째서 벌써 이 입구를 허가받은 것이지?"

피월려가 잠시 우물쭈물하며 대답하지 못하는 사이 그 노인이 다시 말을 이었다.

"아, 그런 것이군. 알겠소."

그 노인은 다시 눈을 감았다.

물론 피월려는 그 노인이 노망이 나서 혼잣말을 중얼거렸다고는 생각하지 않았다. 아마 주하가 전음으로 그에게 뭐라고 설명을 한 것이라 생각했다.

그들은 그 이상한 곳을 나왔다.

태양은 붉은빛을 내며 서서히 서쪽으로 기울고 있었다.

낮과 밤의 경계는 언제나 사람을 분주하게 만들었기에 번

화가가 아님에도 피월려는 여러 사람이 바쁘게 움직이는 것을 보았다. 그 속으로 나지오의 모습을 찾은 피월려는 빠르게 그를 뒤쫓아 걸었다.

그들은 곧 배를 타고 낙하강을 건너서 낙화루에 도착했다.

하남성 전체의 자랑거리인 낙화루의 위엄은 하나도 변한 것이 없었다.

나지오는 그곳을 마치 자기 집에 들어가는 것처럼 아무렇지도 않게 들어갔다. 입구에 서 있는 장정들도 마치 그를 보지 못한 것처럼 우두커니 서 있을 뿐이다.

피월려는 월루에 들어가고자 금전을 꺼내 보여줬던 기억이 났다. 그 작은 월루에 들어가려 해도 돈을 보여줘야 했다.

"안 들어오고 뭐해?"

"아, 아무것도 아니오."

피월려는 곁눈질로 그 장정들을 번갈아보며 조심스레 발걸음을 옮겼다. 그들은 역시 아무것도 보지 못한다는 듯이 피월려의 걸음을 제지하지 않았다.

그는 그 밤에 사람들이 낙양사화의 얼굴을 볼까 기대하며 모여 있던 것을 기억했다. 그때는 마치 절대 다가갈 수 없는 천계의 궁성과 같았던 이 낙화루를 지금은 이리도 쉽게 입성한 것이다.

무엇 때문일까?

입은 옷이 다르기 때문인가?

그러나 피월려의 고민은 오래가지 못했다. 낙화루 안의 절
경이 그의 오감을 사로잡았기 때문이다.

금색과 홍색의 향연.

귀를 간지럽게 하는 음악.

코를 즐겁게 하는 매화향.

피월려의 눈동자는 끊임없이 새로운 사물을 찾았고, 그의
고개는 아파져 올 정도로 움직였다. 나지오는 별 감흥이 없는
지 앞만 보고 차분히 걷고 있어서 그와 피월려는 자연스럽게
거리가 벌어졌다. 피월려는 나지오를 한 번씩 빠른 걸음으로
따라잡고 나면 또다시 시선을 빼앗겨 걸음이 느려졌다. 피월
려는 평생 단순히 한 사람을 따라가는 것이 이토록 어려운 적
이 없었다.

그렇게 다섯 번의 문지방을 넘어서자 익숙한 얼굴들이 보
였다. 천서휘부터 시작해서 서린지, 소오진, 초류아, 주소군이
앉아 있었고, 그중에는 한 번도 보지 못한 낯선 사내 또한 있
었다.

사십 대 초반으로 보이는 그는 머리에 그 나이치고는 상당
히 많은 흰머리가 섞여 있어 마치 밖에서 새하얀 눈을 맞고
막 집 안에 들어온 것 같았다. 아래로 처진 눈초리와 살짝 올
라간 입꼬리는 전체적으로 선한 인상을 만들었고, 수수한 옷

차림 또한 무림인의 모습과는 거리가 있었다.

그러나 안목이 좋은 사람이라면 그가 허리에 두른 것이 단순히 고리로 이어진 허리띠가 아니라 세밀하게 가공된 철로 만들어진 철편(鐵鞭)이라는 것을 눈치챌 수 있을 것이다.

피월려는 그 남자를 기억하려 애썼으나 그 어떤 이름도 생각나지 않았다.

그런데 다행히도 그 남자가 먼저 자리에서 일어나 양팔을 뻗으며 큰 소리로 피월려를 맞이했다.

"오호! 이분이 바로 그 유명한 피월려 후배가 아니오? 지금 딱 후배 얘기를 하고 있었소. 반갑소. 나는 호사일이오."

피월려는 그제야 호사일이라는 이름이 머릿속에 떠올랐다.

북해빙궁에서 어떤 일을 맡았다가 되돌아온 일대원이며 무영비주도 그에 대해서 언급했었다. 빙정이라는 희대의 신물이 관련된 일이었기에 때문에 더욱 머릿속에 자리 잡고 있었던 것이다.

피월려는 포권을 취했다.

"반갑습니다. 피월려라 합니다."

"하하하, 이리로 앉으시오."

호사일은 그를 이끌고 자기와 주소군 사이에 앉혔다. 그 꼴을 못마땅하게 바라보던 나지오가 퉁명스럽게 말하며 빈자리를 찾아 걸어갔다.

"뭐야. 난 찬밥 신세군."

그런 그를 야릇한 눈빛으로 보던 초류아가 반쯤 머금은 술을 꿀꺽 삼키며 농염한 목소리로 말했다.

"내가 있잖아요. 어서 술부터 받아요."

"무슨 술이야. 저녁도 안 먹었구면."

"같이 먹으면 되죠?"

"그러다 체해."

나지오는 젓가락을 들고 음식을 먹기 시작했고, 피월려는 그런 그를 부러운 눈빛으로 바라볼 뿐이다.

옆에서 호사일이 먹을 틈은커녕 숨 쉴 틈도 주지 않고 가만놔두지 않았기 때문이다.

"그래서 피 후배는 겨우 입교한 지 사흘 만에 어떻게 그런 공적을 세울 생각을 하셨소? 입신의 경지에 오른 황룡검주를 살해하는 데 있어 매우 중요한 역할을 맡았다 들었소만."

"그거야 운이 좋았을 뿐입니다."

"설마 운만 좋아서 될 일인가! 자신의 실력이 뒷받침되지 못하면 운도 소용없는 것이지. 그런데 듣자 하니 내공을 익히지 않았다 하는데, 그건 사실이오?"

"그전에는 그랬습니다만, 지금은 마공을 하사 받아 익혔기 때문에 내력이 있는 상태입니다."

"그렇다면 내력도 없는 상태에서 어떻게 황룡검주를 죽일 수 있었단 말이오?"

피월려는 호사일이 굉장히 귀찮았다. 그런 그의 마음을 읽었는지 옆에서 주소군이 조용히 가득 찬 술잔을 건넸고, 피월려는 그것을 받아 고개를 끄덕이곤 모두 들이켰다.

빈속이라 그런지 벌써 술기운이 후끈하게 몸을 달구는 것 같았다.

"엄밀히 말하면 제가 죽인 게 아닙니다. 진 소저가 죽였습니다. 저는 작은 역할을 감당했을 뿐입니다. 그때는 오대주와 오대원의 공이 가장 컸습니다."

나지오가 책상을 주먹으로 한번 치며 맞장구쳤다.

"그렇지! 내 말이 그거야! 근데 왜 다들 안 믿느냐고!"

정좌한 상태로 조용히 음식만 집어먹던 소오진이 절대로 열리지 않을 것 같던 그 굳은 입술을 작게 읊조리듯 움직였다.

"그야 평소 행실을 보면 믿을 수가 없지."

나지오는 다시 한번 큰 소리를 내었다.

"뭐야?"

그의 발끈함으로 인해 모든 이에게서 웃음이 쏟아졌다.

모두 나름대로 웃음을 가라앉히는 동안 소오진만큼은 그 어떠한 일도 일어나지 않았다는 듯이 젓가락을 움직여 음식을 집어 먹었다.

그런데 문득 서린지의 모습이 피월려의 눈에 들어왔다. 천서휘의 옆에서 그의 팔을 붙잡고 입을 가리고 있는 모습은 여전히 아름다웠다. 그러다 그녀의 눈길과 피월려의 눈길이 마주쳤다. 서린지는 작게 고개를 숙이며 인사했고 피월려도 고개를 숙였다.

그런데 그 와중에 피월려는 이상함을 느꼈다.

서린지를 볼 때마다 이상하게 동했던 가슴이 전혀 움직이지 않은 것이다. 전에는 눈이 마주칠 때마다 작은 호수에 돌을 던져 넣은 것처럼 마음에 이는 파문을 걷잡을 수 없었는데 지금은 마치 넓은 바다와 같이 잔잔했다.

진설린과 마음을 나눴기 때문에 그만큼 더 넓어진 것인가?

피월려는 눈길을 돌리며 잠시 생각했으나 그것은 정답이 아닌 것 같았다. 마음이 넓어져서 파문이 느껴지지 않았다기보다는 애초에 돌이 수면에 닿지 않아 파문이 생겨나지 않은 것이다.

호수의 넓이는 그대로지만 그 표면이 얼어붙어 돌이 튕겨진 느낌이다.

"그럼 지금은 내공을 익히는 중이오?"

"……."

"피 후배?"

피월려는 자기도 모르게 소리를 찾아 고개를 돌렸고, 그곳에는 호사일이 묘한 표정을 짓고 있었다. 곧 피월려의 의식이 표면으로 돌아왔다.

"아, 아닙니다. 그런데 무엇이라 하셨습니까?"

호사일은 보는 것만으로도 기분이 좋아지는 함박웃음을 얼굴에 그렸다.

"내공을 익히고 있느냐고 물었소."

"아, 그렇습니다."

"내력이 없는 상태에서 마공을 익혔으니 귀찮은 작업이 없어서 좋았겠소. 나같이 내공을 잔뜩 들고 마공을 익히게 되면 그걸 마기로 바꾸는 데 들이는 공과 시간이 엄청나다오. 게다가 그동안에는 몸이 불완전하여 제대로 무공을 펼칠 수조차 없지. 그럼 역혈지체는 한 번에 모두 이룬 것이오?"

"네. 다른 마공을 익히기에 어려움이 없다 하니 그런 듯싶습니다."

"이야, 좋겠소. 본인은 대략 일 년은 걸렸다오. 술 받으시오."

피월려는 냉큼 술잔을 들었고, 호사일은 그에게 따라주었다. 그렇게 술잔을 주고받고 마셨다.

확실히 고급 기루인 낙화루의 술이라 그런지 단순한 백주(白酒)도 목을 넘어가는 것이 상쾌하기 그지없었다.

피월려가 물었다

"아, 원래 역혈지체를 이루는 것이 그리 어려운 것입니까?"

"몸의 체질을 완전히 뒤바꾸는 것인데 당연히 어려운 것 아니겠소?"

"그렇습니까?"

호사일은 손가락으로 술잔을 만지작거리며 대답했다.

"흠, 그러니까 본래 가지고 있던 내공에 영향을 많이 받소. 질은 탁할수록, 양은 많을수록 오래 걸리는 듯하오. 구파일방의 것과 같이 질이 정순하고 양이 적은 내공은 짧으면 하루, 길면 삼 일이지만 나같이 기회가 될 때마다 이것저것 섞어 익힌 흑도인은 엄청나게 고생해야 가능하오."

"그렇습니까? 그런데 일 년이나 걸렸다는 말에 조금 의문이 드는데, 그 고통을 일 년 내내 감당해야 합니까?"

"아, 그런 거라면 죽더라도 마인이 되지는 않았을 것이오. 하하하. 단지 수면 중에 무의식이 표면으로 올라오게 되면 그때는 간질에 걸린 노인들처럼 발작하게 되오. 반 시진에서 한 시진을 견디면 다시 사라지곤 하지. 그리고 보름마다 지속적으로 마단을 섭취해야 하는데, 그때도 역시 마찬가지지."

"그렇습니까? 제가 상당히 운이 좋았군요."

"내공이 없는 상태였으니 거의 태생마교인들과 다를 바가 없었을 것이오."

나지막하게 말을 맺는 호사일의 눈빛에 미묘한 감정이 자리를 잡았다. 아쉬움, 혹은 부러움, 아니면 둘 다.

그때, 옆에서 술잔을 홀짝이던 주소군이 입을 열었다.

"뭐, 그렇게 말씀하셔도 호 형은 이 자리에 있는 누구보다 많은 마공을 익히시지 않으셨나요? 거의 백 단위를 넘어가는 것으로 알고 있는데……."

호사일은 말도 안 된다는 듯이 코웃음 쳤다.

"흥, 누가 그런 소리를 했소? 겨우 이십 개 정도에 지나지 않소. 게다가 천마신교 내에서 무공의 천재로 소문이 자자한 주 대원께서 익히신 마공의 양에 비하면 새 발의 피와 같을 것이오."

피월려는 호사일의 목소리에서 미세하나 분명히 알아차릴 수 있는 불쾌감이 있다는 것을 느꼈다.

주소군은 고개를 좌우로 돌리면서 입술을 모았다.

"헤에. 제가 익힌 마공의 숫자가 총 백마흔네 개니까 이십 개라면 확실히 새 발의 피는 아니더라도 다리 정도 되겠네요. 생각보다 별로 안 익히셨군요?"

"……"

호사일의 얼굴이 굳었다. 그러나 그는 억지로라도 미소를 지으려 노력했고, 피월려는 그 모습을 더는 보기 안쓰러워 슬며시 시선을 옆으로 피했다.

그곳에는 순수한 미소를 짓고 있는 주소군이 있었다.

피월려는 순간 당황했고, 주소군이 갑자기 그의 손을 덥석 잡자 더욱 당황했다.

"피 형, 부탁이 하나 있어요."

눈빛으로만 치면 새끼 고양이보다 더 간절했다.

"무, 무엇이오?"

"나랑 비무 한 번 더 해요."

느닷없는 정적.

주소군의 말이 끝나기 무섭게 그 방의 모든 대화가 단절되고 모든 사람의 이목이 피월려에게 집중되었다.

피월려의 당황은 황당함으로 변했다.

"가, 갑자기 그게 무슨 말이오?"

"무슨 말이긴요. 전처럼 비무 한번 하자는 얘기예요. 근 삼 년간 그때의 비무만큼 얻은 게 많은 적이 없었어요. 지금도 뭔가 잡힐 듯 말 듯한데 피월려하고 한번 더 뒹굴면 대충 감을 잡을 것 같거든요."

피월려가 황당해져 버린 건 사실 주소군의 말 자체보다는 그 주위의 반응이었다. 모든 사람이 갑자기 자신들의 이야기를 멈추고 그들에게 집중하니 여간 불편한 것이 아니었다.

"그, 그거야 뭐 어렵지 않소."

"아! 정말 고마워요. 지금 당장 가서 하죠!"

주소군의 쾌활한 목소리에 피월려는 눈길을 피하면서 손을 내저었다.

"그, 그건 아닌 듯하오. 다른 곳에 잠시 들를 곳도 있고 해서……."

"흠, 그래요? 그러면 먼저 지부에 가 있을 테니까 도착하면 알려줘요."

주소군은 반쯤 남은 술잔을 홀짝이면서 자리에서 일어나더니 누구보다도 당당한 발걸음으로 밖으로 나갔다. 이를 멍청하게 보던 사람 중 천서휘가 따라 일어나서 그의 어깨를 붙잡았다.

"왜 그러세요?"

주소군의 물음에 천서휘가 되물었다.

"왜 벌써 가?"

"제 용무는 끝났으니까요."

"……."

"이만 갈게요."

주소군은 특유의 미소를 짓고는 문을 열고 사라졌다. 그러자 초류아가 갑자기 손뼉을 치며 박장대소했다.

"아하하! 너무나 소군답지 않아? 오랜만에 술자리에 나와서 조금 놀랐는데 역시나."

그녀는 옆에 있는 서린지의 어깨를 툭툭 건들며 동의를 구하는 눈빛을 보냈고, 서린지는 살포시 웃으며 고개를 숙이는 것으로 대답을 대신했다.

천서휘는 곧장 그를 따라 나갔고, 이를 지켜보던 피월려에게 호사일이 물었다.

"정말로 주 대원과 비무를 한 것이오?"

피월려는 호사일의 경악한 표정을 이해하지 못했다.

"그렇습니다. 그런데 그게 이리 놀랄 일입니까?"

"당연히 놀랄 일이고말고. 주 대원은 누군가에게 비무 신청을 받으면 받았지 절대 먼저 할 사람이 아니오. 애초에 자신의 무위가 가장 뛰어나다고 생각하는 오만함이 마음속 깊이 뿌리내린 사람이니 그가 누군가에게 가르침을 받기를 원한다는 것은 천지가 개벽할 일이지."

피월려는 고개를 갸웃하며 물었다.

"오만한 성정으로 보이지는 않았습니다만?"

"그러니까, 흠, 조금 더 같이 지내보면 알 것이오."

그 말을 가만히 듣고 있던 소오진이 피월려에게 술잔을 건네며 말을 보탰다.

"소군은 지부 내의 수많은 마인에게 그런 오해를 받을 만큼 강자라는 뜻이고 또한 유명인이라는 뜻이니 괜한 생각은 하지 않았으면 한다. 사실 소군은 애초에 그런 말에 신경 쓸 위인이 아니니까 네가 어떻게 생각하든 상관없겠지만. 하여간 전에 나와 일전을 약속한 것은 기억하는가?"

피월려는 서화능의 침실에서 마법이라는 것으로 몸을 치료받을 때 소오진이 좌도에 대해서 조금 언급한 것이 기억났다.

그는 그때 좌도를 무시하는 듯한 피월려의 언행에 조금 언짢은 듯 공격적인 말로 그를 도발했었다.

그때의 감정이 살아나 피월려의 표정을 차갑게 만들었다.

"물론이오. 친히 좌도에 대해서 가르침을 내려주신다 하지 않으셨소?"

"그랬지. 그 이후에 일이 많아 정확한 시일을 잡지 못했다. 사실 나도 이 자리에 나온 것은 너에게 비무를 권하기 위해서이다. 그런데 주소군이 선수를 쳤으니 그와의 일전 후를 기약해야겠군. 물론 그에게 죽지 않는다는 전제하에 말이야."

"……"

주소군이 직접 말했었다. 마공을 펼치면 자신과 적, 둘 중 한 명은 반드시 죽는다고. 전의 비무에서 피월려는 패배했고 환사(幻死)했다. 그런 요행이 아니라면 이번에도 살아남으리라는 보장은 어디에도 없다.

소오진과 피월려는 냉담한 눈길로 서로를 쳐다보며 술잔을 동시에 비웠다. 소오진은 술잔을 딱 하고 내려놓고는 자리에서 일어나서 휘적휘적 걸어 밖으로 나갔다.

그의 걸음을 막는 사람은 없었고, 단지 초류아가 투덜거렸을 뿐이다.

"아! 다들 술맛 떨어지게… 안 그래, 피 동생?"

피월려는 젓가락을 놀려 음식을 집으며 말했다.

"다들 사정이 있지 않겠소?"

"흐응? 우리 피 동생이 뭐가 그렇게 특별해서 주 동생도 오진 오라버니도 이렇게 관심을 보일까나? 나도 알고 싶은데. 이리로 와봐."

초류아는 시원하게 드러낸 얇은 무릎을 톡톡 치며 간드러진 눈길로 피월려를 보았다. 나지오는 못 말리겠다는 듯이 포기한 표정으로 술잔을 기울였고, 피월려는 헛기침을 하며 못 본 척 대답했다.

"나는 여기가 좋소."

"왜 그래? 내숭이야? 이리 와보라니까."

초류아는 말은 그렇게 했지만 자신이 먼저 일어나 피월려에게로 다가갔다. 귓가로 그녀가 걸어오는 소리가 들렸으나 애써 태연한 척 정면을 응시하며 음식을 씹던 피월려는 갑자기 목을 감싸 안는 초류아의 행동에 얼이 빠지는 듯했다.

진설린이 가지고 있는 폭신한 구름 인형보다 더욱 탄력이 좋은 초류아의 큰 가슴이 피월려의 등에 짓눌렸고, 피월려는 순간 정신을 차릴 수가 없었다.

"자, 잠시… 여, 옆으로……."

"응? 잘 안 들리네? 귀에 대고 말해봐."

초류아는 고개를 들이밀며 피월려의 입에 귀를 가져다 댔다. 칠흑 같은 머릿결 안에서 뽀얀 피부를 가진 그녀의 귀가 쫑긋하며 그 속살을 드러내었다.

피월려는 자기도 모르게 침을 꼴딱 삼키고 조용하게 대답했다.

"자, 잠시 옆으로 가주셨으면 하, 하오."

초류아는 갑자기 고개를 빽 돌리더니 한 치도 되지 않는 짧은 거리에서 피월려의 눈을 마주 보았다. 그리고 뇌쇄적인 색기가 좔좔 흐르다 못해 진득하게 묻어나는 표정과 반달 형태로 변하여 묘한 음기를 품은 눈으로 피월려의 눈, 코, 입 하나하나를 느리게 번갈아가며 흘겨보았다.

그녀의 입꼬리가 조금씩 올라갔다.

"그렇게 가까이서 말하면……"

"……"

"간지러워."

"……"

서린지는 보일 듯 말 듯한 미소를 지었고, 호사일은 함박웃음을 지었다. 나지오는 킬킬거리며 대놓고 웃었다.

피월려는 묘한 수치심을 느꼈고, 그것을 느낀다는 것 자체에 대해서 또 한 번 수치심을 느꼈다. 그 악순환의 반복으로 인해서 그의 얼굴은 조금 붉게 달아올랐고, 초류아는 그의 볼을 꼬집으면서 아랫입술을 살짝 깨물었다.

"호오? 귀엽네?"

피월려는 눈동자를 최대한 오른쪽 끝으로 모아 그녀의 시선을 피했다. 그녀는 그의 시선을 따라 고개를 오른쪽으로 움직였다. 피월려는 다시 왼쪽으로 눈동자를 돌렸고, 그녀는 다시 고개를 왼쪽으로 움직여 그의 시선을 마주 보았다.

그렇게 피월려가 초류아의 장난감이 된 사이 밖으로 나갔던 천서휘가 방문을 열었다. 그 때문에 초류아는 고개를 돌려 방문 쪽을 보았고, 그렇게 피월려는 초류아의 마수에서 벗어날 수 있었다.

"휘 랑, 소군 오라버니는 안 오시겠대요?"

천서휘는 성큼성큼 걸어 자리로 돌아가 서린지의 말에 대답도 하지 않고 술잔을 단숨에 들이켰다. 서린지는 그를 걱정스러운 눈길로 바라보며 그의 술잔에 술을 다시 따랐고, 천서휘는 기계적으로 그것을 다시 들이켰다.

어색한 기운이 방 안에 맴돌았고, 가면 갈수록 자리가 불편해진 피월려는 앞에 있는 초류아를 가벼운 손길로 밀쳐내며 일어났다.

"나도 이제 가보겠소. 잘 먹었소."

나지오는 음식을 입으로 가져가다 말고 그에게 물었다.

"이대로 가게?"

피월려는 고개를 끄덕였고, 그를 잠깐 빤히 보던 나지오는 곧 아무렇지도 않다는 표정으로 음식을 입에 집어넣더니 손을 들어 흔들었다. 피월려는 한 사람, 한 사람에게 시선을 맞추고 고개를 살짝 끄덕이는 것으로 인사를 대신했다.

그러나 천서휘는 피월려를 잠시도 보지 않았기에 그와의 인사는 생략하고 밖으로 나왔다.

＊　　　　＊　　　　＊

낙양의 홍등가는 이번이 두 번째다.

처음 왔을 때의 기억은 안개 속을 보는 것처럼 흐릿했다. 음기의 고갈로 인해서 정신이 피폐했기 때문이다. 그래서 지금은 마치 처음 온 것과 같이 매우 신선한 느낌을 받았다.

해가 기울고 달이 떠오르는 시간, 한창 사람이 붐비기 시작하는 낙양의 홍등가는 여타 도시와는 비교도 할 수 없을 정도로 혼잡했다.

중원에서 어깨를 부딪치는 일은 시시비비를 요구하는 결례지만, 여기서는 서로 눈빛도 나누지 않고 자기 갈 길만 갔다. 기분이 나빠진 표정조차 없이 그저 모기 한 마리가 잠시 몸에 앉았다 떠난 것처럼 생각하는 듯했다.

기녀들은 또 어떠한가? 그들은 원래 밖에 모습을 보이는 것만으로도 따가운 눈초리의 대상이 된다. 남자는 수치의 눈길을, 여자는 경멸의 눈길을 보낸다. 그러나 낙양의 기녀들은 오히려 도도한 표정으로 당당하게 남정네들을 유혹하고 있다. 죄지은 것처럼 고개를 숙이고 걷는 기녀는 눈을 씻고 찾아봐도 볼 수 없었다.

군병들도 마찬가지였다. 그들은 자신의 본분을 완전히 망각한 채 술에 빠져 인사불성이 되어 파락호들과 형님 아우하며 술판을 벌였고, 창과 칼을 꺼내어 서로를 겨누면서 박장대소하고 있다. 옆에서 누가 쓰러지든 싸움이 나든 아무런 신경도 쓰지 않았다. 질서를 지키는 데 사용되어야 할 군패(軍牌)는 그들의 술값을 대신하는 도구로 전락했다.

피월려는 잠시 그렇게 사람을 구경하며 고향을 떠올렸다.

그는 곧 서서히 월루로 걸어가기 시작했다. 잠시나마 옆에서 외로움을 달래주었던 예화의 거처에 한번 들르고 싶은 마음이 생겼기 때문이다. 살막과의 일도 잘 마무리가 되었고, 하오문도 바보가 아니라면 더는 그를 건드릴 리 만무하니 아무런 문제도 없으리라.

월루로 걸어가는 동안 그는 도합 스물다섯 번 어깨를 부딪쳤고, 열다섯 명의 기녀에게 유혹당했으며, 여섯 명의 소매치기에게 당할 뻔했고, 세 번의 싸움을 목격했다.

험난한 여정을 마친 그가 지친 기색으로 월루 안으로 들어가려 하는데, 저번에 앞길을 막아섰던 사내들이 그의 길을 방해했다.

피월려가 얼굴을 찌푸렸다.

"무슨 일이지?"

그 사내들은 피월려의 얼굴을 살피더니 서로 돌아보면서 눈빛을 교환했다. 그중 한 명이 대답했다.

"잠시 기다리시오. 확인해야 할 사항이 있소."

"이틀 전의 사람을 찾는 것이라면 내가 맞다."

피월려의 단호한 대답에 거한들은 다시 한번 눈을 마주쳤다.

"……."

"……."

그 둘의 눈초리가 급격히 날카로워졌다.

그 사내 중 한 명은 급히 안으로 들어갔고, 다른 한 명은 속에서 한 치 정도의 단검을 꺼내 보였다.

"아무리 무림인이라고 하나 무기도 없이 나를 당해낼 수는 없을 거요. 그러니 함부로 행동하지 마쇼."

피월려는 그 사내의 말이 끝나기도 전에 냉소를 흘렸다. 그러나 딱히 말썽을 일으키고 싶은 생각은 없어 그의 말대로 우두커니 서 있었다.

곧 수수한 차림의 기모가 모습을 드러냈다.

그녀는 피월려의 얼굴을 보고는 한동안 말을 잇지 못하고 그를 바라볼 뿐이다.

"제 발로 찾아올 줄은 몰랐어요. 배포가 남다르시군요."

"하오문도 살막도 다 해결했으니까 더는 폐 끼치는 일 없을 거야."

"……."

기모는 눈썹을 이상하게 찡그리면서 느릿한 움직임으로 양 옆의 사내를 번갈아 보았다.

하오문이 어딘가?

기루를 운영하는 자라면 관보다 더 무서워하는 곳이다.

살막은 어떠한가?

관여되는 것 자체가 생명을 보장할 수 없는 곳이다.

그런 집단들과 시시비비를 가렸다?

이 말을 믿으란 말인가?

경계가 가득한 기모의 눈빛은 풀어질 기미가 보이지 않았다. 피월려는 하는 수 없이 품속에 손을 집어넣었다.

"그때의 보상금은 이걸로 충분할 거야."

"……."

기모는 머리를 빠르게 굴렸다.

그때 일로 인해서 총 손해를 본 금액은 은전으로 두 냥 정도 되었다. 지금 피월려의 손에 들린 돈은 금전 두 냥이다.

기모는 괜한 기침 소리와 함께 어색한 손길로 옷가지를 다듬는 척하면서 피월려의 손에 들린 금전을 살포시 받았다.

"음, 뭐, 아시겠지만 예화는 없어요."

"방에라도 잠깐 들르고 싶어서 왔소."

"그건 불가능해요. 그 방은 다른 기녀가 손님을 받고 있거 든요."

"피 냄새가 많이 날 텐데?"

"모두 힘을 내서 하루 만에 깨끗이 치웠죠. 장사를 해야 하 니까요."

사람이 죽은 지 이제 이틀이 지났을 뿐이다.

피월려는 의미 모를 한숨을 쉬었다.

"장례는 치렀어?"

"기녀가 장례 치를 돈이 어디 있겠어요?"

"그럼 시신은 어떻게 했는데?"

"묘장(墓場)에서 가져갔어요."

"묘장? 묘장에서 왜 시신을 가져가?"

"낙양에서는 관에서 직접적으로 관리해서, 확인할 수 없거 나 아무도 장례를 치르지 않는 시체를 묘장에서 거둬가도록 하고 있죠."

"시체를 가지고 뭐에 쓰려고 그런 일을 벌인다는 거야?"

"위생 차원에서죠. 안 그러면 낙양 같은 도시에는 매일 시 체가 쌓여 썩은 냄새로 진동할 테니까요."

"……"

"시체를 찾으시려거든 묘장으로 가보세요. 요즘 같은 가을에는 적어도 이틀에서 삼 일은 보관했다가 화장한다고 하니까 잘하면 찾을 수도 있겠네요."

피월려는 마음속에서 느껴지는 쓸쓸함에 쓴웃음을 지었다.

"묘장은 어느 쪽으로 가야 하지?"

"남문으로 나가서 일 리 정도 관로를 따라 걷다 보면 오른쪽에 묘지가 나와요. 그 안에 있어요. 그런데 이제 막 밤이 돼서 성문을 닫을 테니 내일 가시는 게 좋을 듯싶네요."

"알았다."

피월려는 몸을 돌렸고, 기모 또한 문을 열고 안으로 들어서려 했다. 그런데 갑자기 피월려를 불렀다.

"아! 한 가지 깜박했네요."

"뭐?"

"예화가 어떻게 죽었는지 기억나시나요?"

"그야……"

예화는 목이 잘려 죽었다.

"누가 목을 잘라서 머리를 가져갔죠. 그러니 목 없는 시체를 찾아야 할 거예요."

"머리를 가져갔다고?"

"모르셨나요? 머리는 그 방에 없었어요. 목 잘린 몸뚱어리만 있었죠. 그러니 혼을 위로해 주고 싶은 생각이라면 머리도 찾으셔야 할 거예요."

"……."

피월려는 잠깐 서서 그 상황에서 예화의 머리를 가져갈 만한 사람을 생각했다. 도저히 답을 찾을 수 없을 것만 같은 그 고민은 두세 번 정도 눈을 깜박이는 시간 만에 번쩍이는 영감으로 해결되었다.

그는 설마 하는 생각이 들었으나 자신의 직감을 믿기로 했다.

"잠시 만나볼 사람이 있어. 어디 있는지 알려줘."

기모는 의심스럽다는 눈빛으로 피월려를 위아래로 훑어보았다.

"그게 누구죠?"

피월려는 빠른 걸음으로 기모에게 다가가며 대답했다.

"흑설."

# 제십사장(第十四章)

월루의 복도와 계단을 지나 피월려는 삼 층의 한 조용한 방 앞에 섰다. 작은 등잔으로 지금까지 길을 안내했던 기모는 한 방을 가리키며 말했다.

"이 방이에요."

"여기 예화 방 아니야?"

"그래요."

"다른 기녀가 쓰고 있다며?"

"그 다른 기녀가 바로 흑설이에요."

"어이가 없군. 그런 어린애를 벌써……."

"손님이 돈을 많이 내셨거든요. 처녀인 어린아이가 취향인가 보죠."

"……."

방은 매우 조용했다. 기분을 잡칠 만한 소리는 들리지 않아 다행이다. 만약 들렸다면, 기분뿐만 아니라 마기가 들끓어 큰 문제가 발생했을 것이다.

피월려는 한동안 문과 문고리를 응시하며 기억을 떠올렸다.

이곳에서 예화는 죽었다.

기분 잡친다.

"이제 됐죠? 방문까지만 보고 돌아가겠다고 했잖아요? 아무 짓도 하지 않겠다고 약조하신 것을 기억하시죠?"

그 기모의 등 뒤로 네 명의 사내가 품에 손을 집어넣으면서 위협적인 눈빛을 보냈다. 억지로라도 얼굴을 찡그리며 무섭게 보이려는 것이 피월려는 귀엽게만 느껴졌다.

아니다.

죽여 버리고 싶다.

"얼마야?"

"네?"

"혹설이 얼마냐고 물었어."

"진심이신가요?"

"다른 손님한테는 팔고 나한테는 못 팔겠다는 거야?"

"그건 아니지만……."

"이번 차례가 끝나면 바로 내가 사지."

기모는 잠시 흑설에 대해서 고민했다.

물론 흑설이 걱정돼서 그런 것은 아니다. 기모는 기녀가 죽어도 장례를 치르기는커녕 오히려 이틀 만에 방을 비워 장사를 재개할 정도로 차가운 사람이다.

그녀가 걱정하는 건 흑설이 아니라 흑설의 몸뚱어리였다. 어린 나이에 첫날밤을 너무 혹독하게 치르면 자결의 가능성이 있고, 이후 기녀로서의 수명도 년 단위로 짧아진다.

"흠, 좀 힘들겠네요."

피월려는 말없이 금전 두 냥을 꺼냈다.

"이거면 되지?"

흑설처럼 어리고 처녀이며 아름다운 아이는 금전으로 한 냥의 값어치가 있다. 금전 두 냥이라면 흑설이 자결해도 금 한 냥이 남는다. 자결하지 않는다면 그보다 더 이득이다.

그러나 기모는 내색하지 않았다.

"안 돼요."

"석 냥으로 하지. 그 이상은 바라지 마."

"도대체… 당신은 금전 아래로는 거래하지 않으시나 봐요?"

피월려는 대답하지 않고 금전 석 냥을 건넸다.

"어디서 기다리지?"

"잠시 다른 아이를 불러 드릴까요? 금 세 냥을 주셨으니 오늘 밤 원루의 모든 기녀를 마음대로 취해도 괜찮아요."

"아니. 됐어."

"그럼 지금 옆방은 쓰지 않으니 거기서 기다리든지요."

"알았어. 그러면 술이나 좀 가져와."

"술은 별도로 계산해야 해요."

"지랄. 닥치고 가져오기나 해."

피월려는 투박하게 문을 열고 어두운 방 안으로 들어갔다. 기모는 그의 뒤를 빤히 바라보더니 곧 휙하고 돌아서 다른 쪽으로 사라졌고 네 명 중 두 명의 사내가 남아 피월려가 있는 방 앞을 지켜 섰다.

피월려는 양팔로 머리를 받치고 드러누워서 칠흑 같은 방 안의 천장을 바라보았다.

진정되었던 마기가 마음속에서부터 스멀스멀 기어 나오는 것이 머릿속으로 자꾸만 살심이 일어나는 듯했다. 그는 주먹을 쥐어보았고, 아까와는 다르게 잠재되어 있는 강력한 힘이 느껴졌다.

"기분이 더러워서 그런가?"

피월려는 대수롭지 않게 생각하기로 했다. 어차피 진설린과 음양합일을 이룬 지 여섯 시진도 되지 않았다. 그러니 당장 그리 큰 위험은 없을 것이다.

고요한 가운데 피월려는 눈을 감았고, 그의 머릿속에 곧 있을 상황이 저절로 그려지기 시작했다.

눈물을 흘리며 조금 전의 끔찍한 고통에 대해서 호소하는 흑설.

옆에서 이야기를 들어주며 조금이나마 위로하려는 자신.

피월려는 온몸에 소름이 돋아 몸을 옆으로 돌리면서 양팔을 오므려서 귀를 막았다.

"아, 씨, 그냥 갈까?"

그래도 양심이라는 녀석이 마음속에서 꿈틀거렸다.

'부탁해요. 첫날밤은 너무나 가혹해요.'

예화의 목소리가 마음속에서 울렸다.

"젠장."

'부탁해요'

"젠장."

'당신은 상냥하니까요.'

"젠장. 젠장. 젠장. 젠장."

피월려는 거칠게 자리에서 일어났다.

그리고 문밖으로 나가자마자 당황한 표정을 한 사내들의 턱을 연속으로 두 번씩 나눠서 쳤다.

탁! 탁!

먼저 그들의 눈동자가 뒤로 넘어갔고, 곧이어 몸도 뒤로 넘어갔다.

"내가 뭐 하는 짓이지. 젠장."

피월려는 신속하게 움직여 흑설이 있는 방문 앞으로 가서 문을 잡고 힘껏 열어젖혔다.

그리고 눈앞에 펼쳐진 장관에 할 말을 잃었다.

"……."

예상대로 흑색 궁장 차림을 하고 어울리지 않는 진한 화장을 한 흑설이 있었다. 그리고 손님으로 짐작되는 속옷 차림의 한 사내도 있었다. 다만 그 손님은 목에 짧은 은장도가 꽂힌 채로 죽어 있고, 흑설은 양발로 그 얼굴을 짓뭉개면서 목뼈에 단단히 낀 은장도를 양손으로 잡고 뽑아내기 위해 아등바등 하고 있다.

"너… 그 남자를 죽인 거냐?"

단검이 한 번 흔들릴 때마다 동경맥을 통해서 새빨간 핏물이 상처 밖으로 찍찍 튀었고, 흑설의 얼굴과 옷에 빨간 물감처럼 묻었다. 방바닥에는 이미 굳은 핏물이 고여 작은 웅덩이를 이루고 있고, 방 안에는 고약한 피 냄새가 진동했다. 어떻게 방 밖에서는 그것을 맡을 수 없었는지 도저히 이해할 수 없을 정도로 진했다.

흑설은 그런 피월려를 향해 말했다.

"어? 왕일 아저씨? 아, 아니지. 원래의 이름은 피월려라면서요? 기모가 그러던데······."

"······."

방금 살인한 것 치고는 너무나 맑은 목소리였다.

피월려는 꿀 먹은 벙어리가 되었다.

"잘됐네요. 이리 와서 이것 좀 도와줘요. 목뼈에 걸린 것 같은데 잘 안 빠져서 고생하고 있었거든요."

피월려는 진설린이나 가도무를 대할 때 느꼈던 그 해괴한 기분을 설마 열두 살짜리 어린 소녀에게서 다시 느낄 줄은 몰랐다. 그리고 그와 동시에 그는 자기 예상이 맞았다는 것을 깨달았다. 잠시였지만 흑설을 평범한 소녀의 모습으로 가정하여 이후의 상황을 상상하던 자신이 우스워졌다.

흑설은 천살성이다.


"별로요. 어렸을 때부터 여기에 저를 두고 낙양성을 누비고 다니셨어요. 일 년에 몇 번밖에 얼굴 본 적 없는데 한 번씩 쫓겨날 때쯤에서야 돈을 보내서서 그래도 나한테 신경은 쓰나 보다 했죠. 그런데 죽었대요."


아버지가 죽었는데 열두 살의 소녀가 그리 차갑게 이야기할 수는 없다.

피월려는 자신의 생각을 확인하고자 물었다.

"혹시 예화의 머리는 네가 가지고 있니?"

"네. 몸은 무거워서 못 숨겼어요."

이것으로 확정이다.

피월려는 짐짓 아무렇지 않은 듯 오른손으로 코를 막으면서 질문했다.

"보여줄 수 있어?"

흑설은 고개를 끄덕이더니 방 한구석으로 가서 바닥을 들춰내 머리카락같이 보이는 실을 잡아들었다. 그러자 차마 맨눈으로는 볼 수 없을 정도로 부패한 여인의 머리 하나가 나왔다. 동시에 고약한 시체 냄새가 방 안에 은은하게 퍼졌다.

아니, 생각보다 지독하지는 않았다.

"어떻게 이틀 만에 냄새를 제거했나 했더니만 그냥 마비향을 뿌린 거군."

피월려는 그렇게 중얼거리며 남자 시체로 걸어가서 손쉽게 은장도를 빼내었다. 그러고는 흑설에게 다가갔다. 순수한 눈빛으로 그를 바라보던 흑설이 물었다.

"그런데 여긴 어쩐 일이에요?"

"예화의 장사를 치르려고 왔다."

"으응, 그래요?"

"일단은 여기서 나가야겠다. 그 머리는 품에 잘 가지고 있어라."

피월려는 한때 진설린이 몸소 실천하며 보여주었던 탈출 방법을 생각하며 흑설을 안아 들었다. 그러고는 창문으로 곧장 뛰어내렸다.

이번이 벌써 두 번째다.


피월려와 흑설은 하남성 남문 마방에 도착했다.

"잠시 밖에 있어라."

피월려는 머리를 품 안으로 숨기고 있는 흑설에게 그렇게 말하고는 마방 안으로 들어갔다. 그곳에는 비쩍 마른 노인이 입에 곰방대를 물고 가닥가닥 떨어진 흰머리를 긁으며 앞에 놓인 서류들을 정리하고 있었다.

피월려가 말했다.

"마차를 빌리고 싶소."

"말도 아니고 마차를? 그것도 이 시간에? 꿈 깨시오."

"급히 성 밖으로 나가야 하기 때문이오."

"말이 안 통하시는군. 지금 이 시간에 성 밖으로 마차를 끌고 나가겠다는 말이 얼마나 허무맹랑한 소린지 알고나 하는 소리요?"

피월려는 금전 한 냥을 꺼냈다.

"이거면 됐소?"

그 노인은 잠시 손으로 눈을 비비더니 피월려의 손에 들린 거금을 보고 그의 얼굴과 금전을 번갈아가며 다섯 번씩이나 보았다.

"충분하고말고. 잠시 기다리시오."

그 노인은 피월려를 두고 잠시 안쪽으로 사라졌다. 반각이 채 되지 않아 다시 돌아온 그 노인은 가식적인 미소를 지으며 그를 안내했다.

"운반하는 물건이 무엇이오?"

"여자아이 하나이오."

거기에는 시체 머리 하나도 포함되지만, 굳이 그것까지 말할 필요는 없다고 생각했다.

그 노인은 얼굴을 찌푸리며 딱하다는 눈빛을 숨기지 않았다.

"매춘인지 인신인지는 모르겠으나 그런 일을 오래하면 혼이 썩소."

피월려의 눈빛이 차가워졌다.

"노인장이 상관할 일이 아니오."

"그런 거 다 돌아오는 법이오."

이젠 살기까지 돌았다.

"다시 한번 말하지만, 그것은 노인장의 일이 아니오."

"쯧쯧쯧, 그냥 늙은이의 오지랖이라고 생각하시오. 이쪽이오."

노인은 밖으로 나가 다른 어딘가로 향했다. 피월려는 흑설을 찾았는데, 그녀는 밖에 우두커니 서서 달을 바라보며 달빛을 즐기고 있었다.

　어린 천살성은 고개를 하늘 높이 들고 눈을 감고 있었고, 그 주위에 미약한 피 냄새를 뿌리고 있었다.

　"흑설아."

　흑설이 돌아보자 피월려는 손짓하여 불렀다.

　그들은 곧 한 허름한 마차 안에 들어가게 되었다. 그런데 노인이 흑설의 얼굴을 보더니 갑자기 피월려의 어깨를 잡고 자기 쪽으로 틀었다.

　피월려는 살기를 눈동자에 피우며 낮은 목소리로 말했다.

　"무림인의 몸에 함부로 손대지 마시오. 적게 남은 명줄이나마 잘 간직……."

　그 노인은 피월려의 협박에도 굴하지 않고 그의 말을 잘랐다.

　"저 애 몸에 피가 묻어 있잖소. 딱 봐도 매춘이나 인신이 아닌 걸 알겠소. 도대체 무엇 때문에……."

　"노인장, 세 번은 없소."

　"……."

　묻지 말라는 말이다.

　피월려의 눈빛에는 냉기도 살기도 사라져 있었다. 그곳엔 아무런 감정도 섞이지 않았다.

그렇기 때문에 노인은 이번이 정말로 마지막 경고라는 것을 깨달았다. 환갑이 넘는 세월 동안 무림인을 상대해 본 연륜이 그렇게 말하고 있었다.

피월려는 노인이 조금 움츠러든 것을 보곤 부드럽게 말을 이었다.

"성 밖에 내려주시면 되오. 그다음에는 알아서 하겠소."

노인은 고민하는 듯했다. 하지만 곧 단호한 목소리로 대답했다.

"알았소. 하지만 무조건 선금이오."

피월려는 금전을 주었고, 노인은 그것을 받아 잠깐 어디론가 갔다 왔다. 피월려는 마차에 몸을 실으며 그 노인을 타일렀다.

"죽이지는 않을 테니 걱정하지 마시오. 맡긴 돈은 찾을 수 있게 될 것이오."

노인은 즉시 대답하지 않았다. 그는 마부석에 앉아 마차를 서서히 움직이며 중얼거리듯 대답했다.

"그거야 모르는 일이지 않소? 이 일이 끝나고 나를 죽일지 말지 내가 어떻게 알겠소?"

뒤에 앉은 피월려는 비웃었다.

"흥. 정말로 그렇게 믿는다면 이대로 도망갔겠지. 안 그렇소?"

노인은 슬며시 웃었으나 피월려는 그 미소를 보지 못했다.

"그런 식으로 무림인을 상대했다가는 지금까지 살아남지 못했을 것이오."

"그게 무슨 뜻이오?"

"클클클, 아니외다. 노인의 지혜라고 알아두쇼."

피월려는 그의 말을 이해하지 못했다.

그는 어려운 노인의 말에 귀 기울이기보다 앞에 있는 흑설에 신경을 쓰기로 했다. 그는 무심코 예화의 머리를 쓰다듬고 있는 흑설을 보게 되었다.

천살성.

평생을 살아도 만나기 어려운 천살성을 근래에만 두 번이나 만났다. 가도무가 첫 번째이고 흑설이 두 번째이다.

흑설은 은장도로 사람의 목을 찔러 죽인 광경을 들켰음에도 그 어떠한 당황한 기색도 보이지 않고 되레 도움을 청했다. 그때의 순수한 눈빛은 방금 살인한 자가 절대로 가질 수 없는 성질의 것이었다.

인간은 자기가 살인자가 되었다고 자각하는 순간 눈빛이 탁해지고 흐려지게 마련이다. 자기와 같은 인간을 죽임으로 더 이상 다른 인간을 자기와 같다고 생각할 수 없게 되기 때문이다.

주하나 잠사와 같은 살수의 눈빛이 소름 돋는 것도 같은 사람의 눈이라 볼 수 없을 정도로 탁하기 때문이다. 그것은 인간 대 인간으로 전혀 공감할 수 없는 부분에서 오는 공포를 불러일으킨다. 동일한 위치가 아니라 먹이를 보는 듯한 맹수의 차가움이 있는 것이다.

그러나 천살성의 눈빛은 완전히 다른 형태를 보이고 있다. 너무나 탁해서 보이지 않아 두려움을 느끼는 것이 아니라, 너무나 맑아 그 안이 충분히 보이는데도 불구하고 그 속에서 아무것도 찾을 수 없다는 점에서 두려움이 느껴진다. 살수들이 인간을 동일하게 바라보지 않는 것과 조금 다른 느낌으로 천살성은 인간을 동일하게 바라보지 못하는 것이다.

가도무 같은 천살성은 적당히 사람들의 무리에 뒤섞일 수 있다. 오랜 세월을 살아 어느 정도 연륜이 뒷받침되고 고강한 무공을 익히면서 얻은 높은 지식과 지혜로 사람과 공존하는 법을 터득하면 된다. 인간관계를 유지하는 방법을 머리로나마 익힐 수 있기 때문에 보통 사람인 것처럼 연기가 가능하다.

그러나 흑설은 열두 살의 나이로 그런 풍부한 연습을 했을 리 만무했다. 그러니 어떤 면에서는 가도무보다도 더 순수한 천살성인 것이다. 가도무에게서는 이상하게 소름이 돋는 듯한 미세한 의사소통의 균열만을 무의식적으로 느낄 수 있을 뿐이지만 흑설에게선 행동 하나하나가 모두 이 세상 외의 것을 보는 것 같은 느낌이 난다.

그러고 보면 또 진설린과 같다.

아비를 죽이고 가문에 피바람을 일으켜 놓고 소녀처럼 쾌활하게 행동한다. 그러다가 갑자기 목 뒤에 은장도를 쑤셔 넣어도 별로 배신감을 느끼지 않을 것 같다.

피월려는 대화를 통해서 흑설이라는 소녀에 대해 어느 정도 이해할 필요성을 느꼈다.

그가 물었다.

"흑설아, 예화의 머리는 왜 숨겨둔 거야?"

흑설은 잠에서 깨어난 것처럼 번뜩 고개를 들었다.

"네? 뭐라고 하셨어요?"

"그 머리 말이야. 그걸 왜 굳이 숨겼느냐고?"

"몸보다는 가볍잖아요."

"응? 그게 무슨 말이야?"

"머리가 몸보다 가볍다고요."

흑설은 예화의 머리를 양손으로 들고 마치 소중한 보물을 자랑하듯 피월려를 향해 쭉 뻗었다. 하필이면 그때 예화의 눈에서 고름이 흘러나와 참으로 보기 메스꺼웠다.

피월려는 시선을 회피하지 않을 수 없었다.

"아, 그래⋯⋯."

흑설은 고개를 한쪽으로 기울이며 피월려의 시선에 자신의 머리를 맞췄다. 그녀의 표정은 무표정 그 자체였다.

"피월려 아저씨."

"응?"

"그… 장례를 치르려 하면 이 머리도 관 속에 넣어야 하는 거 맞죠?"

"그렇지. 나머지 몸이랑 같이 넣어야 해."

"그건 싫은데요."

"싫어도 어쩔 수 없어. 사람이 죽으면 시체가 되고 시체는 부패해서 썩으니까. 이미 그 머리도 썩기 시작했잖아. 이대로 는 예화라고 알아볼 수도 없을 만큼 변해 버릴 거야."

흑설은 그 머리를 품속으로 끌어안았다.

"안 돼요."

"왜?"

"예화 언니는요, 날 정말 사랑해 줬어요. 엄마라고요. 언제 나 옆에 있어주겠다고 약조했어요. 그러니까 이건 못 줘요."

피월려는 누군가 심장을 칼로 찌르는 듯한 고통을 가슴에 서 느꼈다. 그 느낌은 한동안 내려가지 않고 그의 정신을 괴 롭혔다.

예화는 왜 죽었는가?

누구 때문에 죽었는가?

말을 하고 싶어도 혀가 움직이지 않아 입 밖으로 꺼내지지 않았다.

자책감.

실로 오랜만에 느껴보는 감정이다. 사람을 처음 죽였을 때를 시작으로 무림인이 되고 참으로 많이 느꼈던 것이다. 그러다가 점차 느끼지 못하게 된 그리운 감정이다.

피월려는 눈을 감고 가슴의 고통을 속으로 삼켰다. 그는 이 감정을 매일같이 느꼈던 만큼 그것을 다루는 것 또한 숙달되어 있었다.

곧 진정이 되었고, 그는 차분하게 말을 이어갔다.

"그래도 머리와 함께 장례를 치러야 해. 그래야 예화의 혼도 좋은 곳으로 갈 수 있고."

"그럼 나는요? 나는 또 버려진 건가요? 어머니가 그랬듯? 아버지가 그랬듯?"

흑설의 표정은 역시 변한 것이 없었다. 그러나 그녀의 눈빛에서는 조금이나마 슬픔의 흔적이 엿보였다. 눈물이 고인 것도, 눈동자가 흔들리는 것도 아니다. 그러나 피월려는 분명히 그 눈빛에서 고통의 그림자를 보았다.

동굴을 나갈 때 갑자기 눈을 찌르던 햇빛이 너무나도 밝았던 것처럼.

방 안에 들어섰을 때, 갑자기 콧속을 찌른 혈향이 매우 진하게 느껴졌던 것처럼.

천살성의 눈에서 엿보인 슬픔은 그 존재감이 너무나도 크게 다가왔다.

피월려가 말했다.

"아니야. 그건 아니야. 너를 버린 것이 아니다."

"그러면요?"

"나도 어렸을 때 어머니를 잃었다. 돌아가시기 직전 내게 짚신을 주셨지. 그러니까 그것은 내 어머니의 유품이라 말할 수 있어. 그것이 있었기 때문에 나는 내 어머니가 죽어 없어진 것이 아니라 어딘가에서 나를 기다리고 있다고 믿을 수 있었다. 나를 버리고 떠난 것이 아니라고 말이야."

"그, 그래요?"

"그래, 유품이란 것이 그런 것이지."

흑설은 한쪽 볼을 부풀리며 입술을 삐죽였다.

"하지만 난 유품이 없는 걸요? 예화 언니는 나한테 아무것도 남기지 않았어요……."

흑설은 말끝을 흐렸다. 피월려는 거기서 정신이 번쩍하는 깨달음을 얻었다.

유품.

그렇다! 유품이다!

왜 그것을 진작 생각해 내지 못했는가!

병들어 죽어가던 어머니가 놓고 갔던 그 짚신. 그것은 어린 피월려에게 있어 어머니 그 자체가 되었다. 그러나 예화는 흑설에게 뭘 남겨줄 새도 없이 살해당했다. 시체와 피가 가득한 그 방에서 홀로 깨어난 흑설에게 남겨진 것은 무엇인가?

아무것도 없다.

그러니 머리를 가진 것이다.

인간이 인간을 분별할 때 가장 기본이 되는 요소는 바로 얼굴이다. 얼굴이야말로 개성이며 그 사람 자체다.

그리고 천살성은 시체와 물건을 구분하지 않는다. 아니, 못한다.

예화의 머리는 흑설에게 있어 예화의 유품이다.

"그런 것이군."

지금 흑설에게 장례를 치른다는 목적으로 그 머리를 빼앗는 것은 어린 날의 피월려에게 장례를 치른다는 목적으로 그 짚신을 빼앗는 것과 같은 것이다.

그러니 지금 여기서 강압적인 말로 그녀를 이해시켜 예화의 머리를 달라고 요구하는 것은 답이 아니다.

피월려는 그렇게 생각을 마친 후 침묵했다.

흑설은 불안한지 그의 안색을 이리저리 살폈다. 그러나 피월려가 별로 신경을 쓰지 않자 이제는 안전하다고 느꼈는지 다시 예화의 머리를 쓰다듬기 시작했다.


＊　　　　＊　　　　＊

마방에서 무슨 수를 부렸는지 모르겠지만 성문의 문지기들은 피월려와 흑설이 있는 마차의 짐칸을 검사하지 않았다. 피월려는 군병들과 마부가 뭐라 대화하는 소리가 들려 잠시 걱정되었지만, 별문제 없이 마차가 움직이기 시작하자 한시름 놓았다.

곧 해가 저무는 시간인 탓인지 나무꾼이나 사냥꾼으로 보이는 몇몇 사람만 보일 뿐 길 위는 매우 한적했다. 바퀴가 굴러가는 소리와 숲에서부터 들려오는 자연의 소리만이 귓가를 간지럽게 할 뿐이다.

반각 후 마차는 관로 한복판에서 섰다.

"내가 올 수 있는 것은 여기까지이오."

마부는 앞쪽 휘장을 걷고는 피월려를 돌아보았다.

"알았소."

피월려는 마차에서 내렸고, 그의 눈치를 보던 흑설에게 손으로 내리라는 시늉을 했다. 흑설은 예화의 머리를 옷으로 가리곤 마차에서 내려 그의 한쪽 손을 잡았다.

"가자."

흑설은 피월려를 빤히 보다가 작게 고개를 끄덕였다.

마부가 말했다.

"그럼 나는 이만 가보겠소. 그대도 살펴 가시오."

"노인장도 살펴 가시오."

피월려는 포권을 취했다.

마차가 그들의 시야에서 멀어짐에 따라 피월려는 묘장의 위치에 대해서 잠시 기억을 되살렸다.

달은 이미 보름에서 많이 기울어 있었다. 숲속은 눈앞에 있는 흑설의 얼굴을 확인할 수도 없을 정도로 매우 어두웠다. 피월려는 관로를 따라 걸으면서 묘지를 찾으려고 노력했는데, 다행히도 한쪽 저 멀리에서 미약하지만 확실한 빛이 보였다. 피월려는 그 위치와 지금 있는 위치를 대강 가늠하더니 곧 흑설의 어깨를 툭툭 쳤다.

"왜요?"

"밤길이라 조금 위험하니까 나한테 업히는 게 좋을 것 같다."

"흐응……."

피월려는 설마 흑설이 이런 것을 놓고 고민할 줄 몰랐기에 그 모습이 귀엽게만 느껴졌다. 흑설은 긁적이던 머리를 정리하면서 다시 피월려를 돌아보았다.

"알았어요."

피월려는 흑설의 목과 다리 부분을 잡아 번쩍 들어 올렸다. 흑설의 짧은 감탄사를 뒤로, 피월려는 한 걸음, 한 걸음 성큼성큼 내디뎌서 그 불빛의 근원지로 향했다.

그곳은 오래된 나무집이었다.

피월려는 흑설을 내려주고는 그 집의 문을 크게 두드렸다. 지금같이 서서히 사람이 잠에 들 시간에는 적당히 크게 안 하면 귀찮아서라도 사람들이 문을 열어주지 않는다.

곧 그의 예상대로 잔뜩 짜증이 뒤섞인 표정의 집주인이 문을 열었다.

주름이 가득한 얼굴과 다르게 노란색과 흰색의 머리카락이 매우 산뜻한 느낌이 드는 그 주인은 다름 아닌 천마신교 낙양지부의 육대장 미내로였다.

피월려는 꿈에서나 나올 법한 이 기묘한 우연 때문에 어안이 벙벙했다.

"어, 어찌 어르신께서 여기에⋯⋯?"

"왜긴 왜야. 여기가 내 집이니까 있지."

미내로는 퉁명스럽게 대답했다. 피월려는 놀란 가슴을 진정시키며 물었다.

"평소에도 지부에 계시지 않습니까?"

"시체도 없는 그곳이 뭐가 좋다고 있어. 그런데 옆의 아이는 뭐냐?"

"아, 이 아이는 기방에 있던 아이인데 친한 누이가 죽어 그 시체를 찾으러 왔습니다."

피월려는 흑설에 대해서 설명했지만, 미내로의 시선은 흑설보다 위에 자리 잡고 있었다.

"아니, 이 인간 소녀 말고 네 옆에 어지럽게 날아다니는 나비 말이다. 눈이 다 아프구나. 흐음, 가만 보니……."

"제 옆에 나비가 있습니까?"

피월려는 고개를 갸웃했고, 미내로는 손을 내젓고는 말을 이었다.

"됐다. 그런데 이 애가 누이를 잃어버렸다고?"

미내로는 반쯤 감긴 졸린 눈으로 흑설을 내려다보았고, 흑설은 또랑또랑한 눈빛으로 미내로를 올려다보았다. 마치 누군가 그림을 그려놓은 것처럼 그 둘은 미동도 없이 시선을 교환했다.

미내로는 흑설에게서 시선을 거둠과 동시에 문을 활짝 열어주고는 안으로 들어가 버렸다.

밖에서 보니 천장이나 기둥에 장식품처럼 매달려 있는 것이 많았다. 죽은 늑대나 여우의 바싹 마른 시체도 있었고, 약재로 보이는 이상한 식물도 있었다. 대부분 눈살을 찌푸리게 하는 독특하고 퀴퀴한 냄새를 풍겼고, 그런 냄새가 모두 섞인 집 안의 악취는 입 밖으로 혀를 내밀면 그 끝에서 맛이 느껴질 정도로 진했다.

피월려는 그곳에 들어가기가 꺼려졌으나 흑설은 아무 거리낌 없이 앞장서 들어갔다. 그는 하는 수 없이 그녀의 뒤를 따라갈 수밖에 없었다.

은은하게 빛을 내는 난로 옆에는 작은 의자가 있었다. 흑설은 제 집처럼 거기 앉아 불을 쬐었다. 그녀는 옆에서 어정쩡하게 서 있는 피월려에게 말했다.

"뭐 해요? 안 앉아요?"

흑설이 피월려의 한 손을 잡아당기며 말했다. 주위를 경계하는 눈초리로 둘러보던 피월려는 흑설에게 손이 잡히자 자기도 모르게 소스라치게 놀랐다.

"왜 이렇게 놀래요?"

왜 놀랐을까?

피월려 스스로도 알 수 없었다.

"아, 아무것도 아니다."

피월려는 곧 흑설의 옆자리에 앉았다. 그러나 안쪽에서 달그락거리는 소리에 신경이 쓰여 그쪽을 몇 번이나 쳐다보았다. 반면에 흑설은 자기 다리를 주무르면서 입을 반쯤 벌리고 호기심 넘치는 눈빛으로 주위를 둘러보고 있었다.

곧 안쪽에서 미내로가 한 손에는 잔을, 그리고 한 손에는 어떤 장부를 들고 왔다. 그녀는 잔을 흑설 앞에 내려놓았다.

그 속에는 오묘한 빛을 내는 흰색의 액체가 들어 있었다.

"이거 뭐예요?"

"우유다."

흑설의 눈동자가 보름달만큼이나 커졌다.

"우유? 정말요? 정말로 이게 그 우유예요?"

"그래. 맛이 매우 좋으니 한번 먹어보아라."

함박웃음을 지은 흑설은 몇 번이고 손가락으로 찔러보고 입으로 불어보았다. 그러자 거품이 생기며 넘치려 했고, 그녀는 혼날세라 얼른 먹어버렸다. 그 귀여운 모습을 따뜻한 미소를 짓고 바라보던 피월려는 문득 옆에서 장부를 뒤적거리는 미내로에게 시선을 옮겼다.

색목인 특유의 긴 다리를 꼬고 안경(眼鏡)을 만지작거리는 것이 매우 생소한 느낌이 들었다. 경편(鏡片)를 통해서 극대화된 눈의 크기 때문인지 아니면 은연중에 흘러나오는 알 수 없는 분위기 때문인지 그녀는 쉽게 다가갈 수 없는 존재처럼 느껴졌다.

미내로가 장부를 한 장 넘기며 심드렁하게 물었다.

"시체의 목이 없다고?"

"네."

"얼마나 젊은 여자인데?"

"이십 대 후반쯤 될 겁니다. 아, 기녀이니 보이는 것보다 나이가 더 적을 수도 있겠네요."

"대가리가 없는 시체야 열두 구나 들어왔지만 한 개 빼고는 다 남자니까 아마 이게 맞을 것 같구나. 지금 그건 소각장에 있다."

피월려의 얼굴에 내 천 자가 그려졌다.

"벌써 화장된 겁니까?"

"화장이라니. 우리가 시체를 태울 때마다 무슨 제라도 올리는 줄 아느냐? 그건 화장이 아니라 소각이다. 그리고 그 여자라면 아직 소각된 것은 아니고 내일 시행 예정이다. 후환을 없애기 위해서라도 적어도 삼 일은 기다려 줘야지."

"왜 땅에 묻지 않고 소각하십니까?"

"대가리가 없는 시체는 듀라한(Dullahan)도 못 만드니까. 아무짝에도 쓸모없는 시체 따위에게 줄 땅은 없다."

"그게 무슨 말입니까? 다른 시체는 쓸모가 있습니까?"

"됐다. 노인네라 그냥 가끔 생각이 말로 튀어나오는 것뿐이다. 하여간 목 없는 시체는 아무짝에도 쓸모가 없어서 선별이고 나발이고 무조건 소각행이야. 그러니 거기 있는 것이다."

피월려는 선별이라는 말과 쓸모없다는 말에서 대강 미내로가 묘장에서 하는 일을 예상할 수 있었다. 묘장은 신분도 제대로 확인하지 못한 시체들이 매일같이 쏟아져 들어오는 곳이니 아마 마음껏 강시에 대해 연구할 수 있을 것이다.

갑자기 예화가 강시가 되어서 그를 보고 서서히 걸어오는 그림이 그려졌다. 곧 고개를 흔들어 떨쳐내었다. 차라리 소각행이 나을지도 모르겠다.

피월려가 말했다.

"이 아이에게 소중한 사람이니 장례라도 치를까 합니다. 도와주십시오."

"도와주는 것이야 어렵지 않지. 그런데 물어볼 것이 있다."

"말씀하십시오."

"이것이 임무에 관계된 일이더냐?"

"아닙니다. 개인적인 일입니다."

"내가 원래 지부는커녕 마교 자체에 관심이 없어서 잘 모르겠지만 말이다, 요즘같이 바쁜 때에 일대원이라는 자가 개인적인 일로 묘장에 들를 정도로 한가할 수는 없다. 그런데 어찌 사적인 일로 여기 있는 것이냐?"

"이런저런 일이 있었습니다. 이제 지부로 돌아간다면 바로 명령이 있을 수도 있겠군요. 아니, 애초에 저를 따라다니는 이대원이 있으니 만약 명이 있다면 그녀에게 연락했을 겁니다. 지금은 지부에서도 별로 신경 쓰는 것 같지 않습니다."

"이대원? 어쩐지 산 자의 기운이 조금 더 느껴진다 했더니 그년이 주변에 숨어 있었구나. 실력이 좋은 년이군."

"아, 아하하."

피월려는 멋쩍은 웃음소리를 냈고, 미내로는 자리에서 일어났다.

"그럼 오늘 밤은 여기서 지내도록 해라. 장례는 내일 아침에 치르도록 하자."

"장례를 여기서 치릅니까?"

"가끔이지만 여기서도 장례를 치를 때가 있다. 약식이지만 있을 것은 다 있어. 그리고 저 아이 품속에서 은은하게 냄새가 나는 건 그 여자의 머리겠지?"

역시 시체에 관해서는 귀신이 따로 없었다.

"예, 맞습니다."

"그럼 됐다."

미내로는 손을 내저었고, 피월려는 자리에서 일어나 정중하게 포권을 쥐었다.

"호의에 감사드립니다."

"클클클, 호의라고 생각하느냐?"

피월려는 미내로의 묘한 그 웃음이 마음에 걸렸다.

"그럼 무엇입니까?"

"나도 네게 부탁할 것이 있기에 도와주는 것뿐이다."

"그것이 무엇입니까?"

"아직 그걸 말할 단계는 아니다. 쉬어라."

미내로는 그 말을 끝으로 모습을 감췄다.

피월려는 잠시 머리를 굴려보았지만 아무런 정보도 없이 미내로가 원할 만한 것을 추측하는 것은 불가능했다. 그는 그냥 떨쳐 버리기로 하고 불가에 몸을 뉘었다.

혹설이 그의 품으로 파고들어 와서 그의 소매를 양손으로 조금씩 잡아당겼다.

"팔베개요."

피월려는 속으로 한숨을 쉬고는 팔을 내어주었다. 뜨거운 불 옆에서 시체 썩는 냄새를 은은하게 맡으며 잠이 든 피월려는 불붙은 강시 수백과 전쟁을 치르는 꿈을 꾸게 되었다.


＊　　　　　＊　　　　　＊


시체가 타고 있었다.

묘지는 만들지 않았다. 피월려는 정상적인 사고를 하지 못하는 혹설이 그 묘지를 절대 떠나지 않을 것을 걱정했다. 그저 소각장 옆에다가 나무로 네모난 모양을 만들고서 그 위에 시체를 올려놓고 술을 몇 잔 따른 뒤 불을 지폈을 뿐이다.

재가 바람에 휘날리는 것이 꼭 가볍디가벼운 먼지 같았다. 피월려는 지금껏 자신이 죽인 사람들을 생각했다. 그들을 내려다보며 항상 느꼈던 것은 사람이 죽으면 고깃덩어리에 지나지 않는다는 사실과 그 사실에 대한 회의뿐이었다. 그러나 생각이 바뀌었다.

사람은 죽으면 먼지가 된다.

그리고 먼지는 무(無)가 된다.

"소중한 사람이더냐?"

뒷짐을 지고 시체가 타는 것을 무심한 눈길로 바라보던 미내로가 피월려에게 물었다. 피월려는 자기 옆에서 그의 팔을 꼭 붙잡고 울먹거리는 흑설이 점차 안정을 찾는 것을 느꼈다.

"이 아이에게 소중한 사람입니다."

"그 말은 들었다. 내가 묻는 말은 그것이 아니다."

막 동쪽에서 떠오른 햇살이 점차 강해져 피월려는 눈을 감아버렸다.

"모르겠습니다."

"개인적인 일이라고 하지 않았느냐? 소중한 게 맞는 게로군."

"모르겠습니다."

"누가 소중한 사람인지 아닌지도 모르느냐?"

"그것도… 모르겠습니다."

"누가 봐도 전형적인 무림인이군."

"그렇습니까?"

미내로는 뭐라 대답하는 대신에 소매에서 무언가를 꺼내들었다.

"이것을 보아라."

그것은 작은 서찰이었다. 피월려는 그것을 받아 펼쳐보았고, 그 안에는 여인의 모습과 식물의 모습이 뒤섞인 이상한 것이 그려져 있었다.

"이것이 무엇입니까?"

"뭐긴, 삼(蔘)이지."

삼에도 여러 가지가 있다. 가장 기본적인 인삼이 있고, 동방에서 수입하는 귀한 홍삼도 있다. 극한지에서만 서식하는 설삼으로, 전설의 인형설삼이나 만년설삼도 있다.

그러나 그 어떠한 것도 인간 여인의 모습을 취하는 것은 없었다. 그 그림에는 누가 보아도 한눈에 알아볼 수 있을 만큼 뚜렷한 여형(女形)이 있었다.

그러니 피월려는 묻지 않을 수 없었다.

"이것이 무슨 삼입니까?"

"여기서 뭐라 부르는지는 잘 모르겠다. 하여간 귀한 것인데, 최근에 도둑맞았느니라. 흔적을 보면 범인은 낙양성으로 향한 것 같은데 그놈이 낙양에서 종적을 감추기 전에 찾아주었으면 한다."

"그런 건 제이대나 마조대를 이용하는 것이 낫지 않겠습니까?"

미내로는 가소롭다는 미소를 짓더니 피월려의 손에 있는 그 서찰을 낚아챘다. 그녀의 움직임은 피월려가 차마 반응하기도 어려울 정도로 민첩했다. 아무리 용안을 자제하고 있다

하나 피월려는 용안이 없다 하더라도 일단은 무림인이다. 미내로같이 평범한 노인의 손길에 의해 물건을 눈앞에서 빼앗기는 일은 절대로 있을 수 없었다.

피월려가 그런 잡생각을 하는 사이 미내로가 말했다.

"내가 왜 네 개인적인 일을 도와주었다고 생각하느냐? 마교에 관계된 일도 아닌데 말이다."

피월려는 미내로가 어제 했던 말을 생각했다.

"제게 부탁이 있다 하지 않으셨습니까?"

"그렇다. 그럼 그런 부탁도 당연히 개인적인 일이지 않겠느냐? 클클클."

피월려는 이제야 미내로의 말을 정확하게 이해했다. 미내로가 찾는 그 삼은 천마신교의 일과 연관된 것이 아니라 미내로 본인의 지극히 개인적인 일 때문에 필요한 것이었다.

천마신교를 본 교라 칭하지 않고 마교라고 칭하는 점과 이처럼 개인적인 일을 스스럼없이 부탁하는 것을 보아도 미내로는 태생마교인은 절대로 아닌 듯싶었다. 그러고 보면 색목인인 그녀가 중원의 집단인 마교에서 태어날 리가 만무했다.

피월려는 살포시 미소를 지었다.

"제 주위에 이대원이 있다는 사실을 잊으신 모양입니다? 지금 한 모든 대화를 엿들었을 테니 분명히 그 삼에 대해서 물어볼 겁니다. 하하하."

미내로는 콧방귀를 뀌었다.

"내가 그 정도로 어리석어 보였느냐? 우리가 지금 하는 대화는 우리 외에 다른 사람은 감지할 수 없느니라."

피월려는 그녀의 말에 호기심이 생겼다.

지금과 같은 상황에 무림에서 통상적으로 사용하는 것은 바로 전음이다. 그러나 전음은 소리를 직접 기에 담아서 상대방에게 전달하는 것이기 때문에 조금 윙윙거리며 고막을 진동시키는 공명음을 동반한다. 그러나 지금의 대화는 평소 때 하는 대화와 전혀 차이점을 느낄 수 없었다.

"혹, 다른 방식의 전음입니까?"

"난 무공을 모른다. 이건 마법이다."

"마법……. 그때 저를 치료했던 그 기술이군요. 일상적인 대화법과 전혀 차이를 느낄 수 없다니 소리를 다루는 기의 운용이 전음보다 훨씬 뛰어난 것 같습니다."

"클클클, 이 마법은 소리를 다루는 것이 아니다."

"그럼 무엇입니까?"

"마법이란 이 우주의 기본 요소를 조작하는 것이다. 이건 시공(時孔)을 다루는 마법 중 메시지(Message)라는 가장 기본적인 것이지."

"시공과 전음과는 거리가 멀어 보입니다만?"

"우리가 지금 하는 의사소통에 따른 모든 미래의 확률 파

장에 국소적 제한을 걸어 인과율의 흐름을 단절시키고 무한
화하는 것이다. 중원의 말로 하니 복잡하구나. 쉽게 설명하면,
우리 외의 모든 우주 만물이 우리의 대화로부터 파생되는 그
결과에 간섭을 받을 수도 간섭할 수도 없다. 네 앞의 그 아이
를 보아라. 마치 우리의 목소리가 전혀 들리지 않는 것처럼 행
동하지 않느냐?"

피월려가 내려다보니 흑설은 가만히 울먹거리며 불길을 바
라보고 있을 뿐, 지금 피월려와 미내로 둘이서 자신에 대해
말하고 있다는 것조차 자각하지 못하고 있었다.

피월려는 열다섯 살에 처음으로 무공에 관한 설명을 스승
님에게 들었을 때 이후로 단 한 번도 지어본 적이 없는 표정
을 근 십 년 만에 지었다.

"네?"

미내로는 입을 가리며 하품했다.

"마법이라는 것은 무공과 그 궤가 너무나도 다르다. 이해하
기는 어려울 것이야. 왜, 한번 배우고 싶은 마음이 드느냐?"

피월려는 충동적으로 고개를 끄덕일 뻔했다. 처음 무공을
눈으로 목격했을 때와 같이 어린아이의 들뜬 기분이 그의 마
음속에서 우러나왔다. 그러나 그는 다시 생각했다. 아직 높은
수준의 무공을 익힌 것도 아니거늘 한번 좌도로 치우치게 되
면 다시는 제대로 된 수련을 하고 싶은 마음이 들지 않을 것

이다.

"아닙니다."

"클클클, 네놈의 눈빛은 다르게 말하는구나. 나는 이만 들
어가마. 내가 부탁한 것은 잊지 마라. 급한 것은 아니지만, 그
것이 낙양을 떠나면 영영 찾지 못할 테니까 말이다."

미내로는 그 말을 남기고는 점차 멀어졌다. 포권을 취한 피
월려는 눈물을 닦고 있는 흑설과 눈을 맞추고자 무릎을 꿇고
앉았다.

"흑설아, 이제 가자. 예화도 저세상으로 떠났으니 이제는 슬
슬 곁을 떠나야지."

"끄흑… 끅……."

흑설은 양손으로 한 뼘 정도의 크기로 된 고급 은장도를
품에 안고 울음을 그치려 노력했다. 그것은 죽은 예화의 시체
를 뒤져서 나온 것 중 유품이 될 만한 유일한 것으로 흑설이
어젯밤 남자를 죽이면서 목을 찔렀던 것보다는 훨씬 질이 좋
고 그 크기도 컸다.

예화의 머리와 그 은장도의 역할을 바꾸고자 대략 한 시진
이나 흑설을 설득하던 기억이 피월려의 머릿속에 스쳐 지나갔
다. 그것은 그것 나름대로 고통의 시간이었고, 따라서 피월려
는 흑설이 이대로 떠나지 않으려고 떼를 쓰지 않을까 하는 걱
정이 앞섰다.

그리고 아쉽게도 그의 예상은 적중했다. 그나마 다행인 건 떼를 쓰지는 않았다는 것이다. 그저 눈에 눈물을 반쯤 담고서 미동도 하지 않고 그 자리에 우두커니 서 있기만 했다.

예화의 백골이 검게 그을릴 정도로 오랜 시간이 흐르고 나서야 흑설은 걸음을 옮겼다. 옆에 앉아 땅에 고개를 떨어뜨리고 하염없이 기다리던 피월려는 그의 앞으로 걸어온 흑설 때문에 햇빛이 가려져 시야가 어두워진 것을 느꼈다.

"가요, 아저씨."

흑설의 눈빛은 어딘지 모르게 바뀌어 있었다. 마치 어린아이의 그 순수함이 모두 사라진 느낌이다.

아니, 사라진 것이 아니라 순수함의 질이 진해져 그 속에 깊이 침잠한 듯하다.

"그래, 가자."

피월려는 자리에서 일어났다.

그리고 흑설의 손을 잡고 걸음을 옮기려는 순간, 피월려는 곧 매우 중대한 문제에 봉착했다는 것을 깨달았다.

흑설도 그것을 느꼈는지 그를 올려다보며 물었다.

"그런데… 아저씨, 우리 지금 어디로 가요?"

당황한 표정을 한 피월려는 그 쉬운 질문에 아무런 대답도 하지 못했다.

*　　　*　　　*

　아무리 어린아이의 걸음이라 해도 일 리를 걷는 데는 일각
도 채 걸리지 않는다. 그리고 일각은 고민을 해결하기에 너무
나 짧은 시간이다. 그들이 관로를 따라 걸어 성문 앞에 도착
할 때까지도 피월려는 목적지를 확고하게 정할 수 없었다.

　일단 처음 생각난 곳은 당연히 천마신교다. 그러나 천마신
교가 어떤 곳인가? 문파 중에서도 패도적이기로 유명하며 소
속 무인 한 명, 한 명이 모두 마공을 익힌 마인이다. 이런 어
린 여자아이를 무작정 데리고 들어가서 성인이 될 때까지 잠
시 기르겠다고 말할 수 있는 곳이 절대로 아니었다.

　하지만 피월려는 낙양에 친분이 있는 사람이 아무도 없었
고, 고아인 흑설을 맡아줄 곳도 알지 못했다. 어쩔 수 없이 천
마신교로 데려가야 할 것인데, 문제는 단순히 천마신교에서
받아주느냐 받아주지 않느냐에서 끝나지 않는다. 피월려는
그가 흑설을 천마신교로 데려가고 싶지 않아하는 가장 큰 이
유가 단순히 현실적인 문제뿐만이 아니라는 것을 어렴풋이 깨
달았다.

　그는 흑설이 무림인으로 자라지 않기를 바랐다.

　남자도 범인에서 무림인이 되는 것은 생명을 내걸어야 한
다.

제십사장(第十四章)  217

성인도 범인에서 무림인이 되는 것은 생명을 내걸어야 한다.

그런데 여자에다 어리기까지 한 흑설이 무림인이 되어 살아남는다?

그것은 억 분의 일의 확률이라 해도 높은 것이다.

물론 무림에도 여자가 없는 것은 아니다. 그러나 그중 구할은 무림세가의 자손으로 어렸을 때부터 충분한 교육과 완벽한 보호를 받으며 순탄하게 고수가 된 경우이다. 나머지 일할은 남자들의 심리를 꿰뚫어 이용할 수 있는 여우 같은 교활함과 아무렇지도 않게 자기 몸을 팔 정도로 악독한 한으로 무장하여 고수가 될 때까지 생존한 경우이다.

피월려가 주 무대로 활동한 흑도무림에는 당연히 후자가 더 많았다. 그는 이 성, 저 성 떠돌아다니며 만났던 여고수들을 기억했다. 웬만한 남자들도 얼마든지 격퇴할 만한 무위를 뽐내는 그녀들은 이상하게도 하나같이 평균 이상의 아름다운 미모를 가지고 있었다.

그 이면에는 씁쓸한 사실이 있다. 이 세상에 그 누구도 고수로 태어나는 사람이 없기에 고수가 되었다는 것은 고수가 되기 전까지 생존해 왔다는 것이다. 남자들의 세계인 무림에서 대부분의 여고수가 아름다운 이유는 바로 그 미모가 그들의 생존 수단이었다는 뜻이다.

십 년간 후덥지근한 흑도무림의 밑바닥에서부터 시작하여 여기까지 올라온 피월려는 누구보다도 그 사실을 잘 알았다. 그렇기에 그는 흑설이 그 길을 걷지 않았으면 하는 것이다.

그러나 흑설은 천살성이다.

이 중원에서 천살성이 무림인으로 살지 않으면 어찌 살아 갈 수 있을까? 오히려 무림인이라는 것이 천살성에게는 더할 나위 없이 좋은 것 아닌가?

피월려는 잠시 걸음을 멈추고 관로 옆에 있는 큰 바위 위에 걸터앉았다. 영문을 모르는 흑설도 피월려의 심각한 표정에 군말하지 않고 그의 옆에 앉았다.

성문에는 성 밖으로 나가는 사람들과 들어오는 사람을 상대로 장사하는 장사치들이 아침부터 넓게 포진해 있었다. 낙양의 지도부터 잡다한 여행 용품까지 장사치들이 파는 상품은 나가는 사람과 들어가는 사람 모두를 노린 물품이 대부분이었다.

그뿐인가? 대문에는 큼지막한 짐마차들이, 소문(小門)에는 여러 행색의 사람들이 줄을 서서 차례대로 관병들의 탐문을 받고 있었다. 가족으로 보이는 사람들도 있었고, 양어깨로 받치는 막대기 끝에 막 사냥한 짐승의 시체를 매단 사람도 있었다. 표정이 삭막하기 그지없는 무림인도 보였고, 거만한 태도의 거상도 보였다. 모든 사람의 숫자를 더한다면 적어도 백 단위는 넘어갈 듯했다.

그러나 그중 그 누구도 주하가 피월려의 옆에 나타나는 것을 눈치채지 못했다. 원래부터 그곳에 있었던 것처럼 편안한 안색으로 사람들을 둘러보던 주하가 작은 목소리로 피월려에게 말했다.

"그 아이를 본 교에 데려갈 생각이십니까?"

피월려는 땅에 시선을 고정한 채 고개를 끄덕였다.

"뭐, 어쩔 수 없지 않겠소."

"피 공자에게는 아쉽겠지만, 본 교에서는 아주 특별한 경우가 아니면 어린아이를 받지 않습니다. 출생지가 불분명하면 태생마교인으로서 양육하기도 어렵고, 그렇다고 외부 인사로 키우기에는 시간 낭비입니다."

"그럴 것이라 생각했소. 내부인과 외부인을 확실하게 구분하는 본 교에서 희대의 천재가 아니고서야 어설프게 어린아이를 고수로 기를 이유가 없겠지."

주하는 실망하는 표정의 피월려를 빤히 보았다.

그녀의 눈동자에 해석할 수 없는 묘한 눈빛이 맴돌았다.

오랜 시간은 아니나 주하는 피월려를 가장 가까운 데서 지켜보았다. 마교인으로 보낸 시간 중 대부분을 같이한 것이다. 그렇기에 그녀는 근래에 들어서 그 누구보다도 피월려라는 인간을 잘 이해하고 있다.

살아남고자 검을 든 자답게 생존의 문제에 관해서는 얼음 장처럼 차가운 면모를 보여주었다. 그리고 살인을 포함한 그 어떠한 문제에 대해서도 그녀조차 놀랄 정도로 신속한 판단 력과 냉철함을 가지고 있었다.

그런데 이런 모습은 또 처음이다.

아무런 상관도 없는 어린 여자아이와 기녀를 위해서 지금 까지도 충분히 많은 것을 했다. 남들은 평생 가져보지도 못할 금전을 펑펑 쓰기도 했다. 그런데 이제 아이를 맡아 기를 생 각마저 한다. 주하는 피월려가 이 정도로 정에 흔들리는 사람 인 줄은 꿈에도 몰랐다.

주하는 그를 보며 이해하기 어려운 감정을 느꼈다. 예전의 그녀라면 분명히 그런 사람을 보며 비웃었을 것이다. 그런데 어찌 된 일인지 피월려를 비웃거나 코웃음 치고 싶은 생각이 전혀 들질 않았다.

주하는 피월려도 들리지 않을 정도로 작은 한숨을 쉬었다.

"하지만 한 가지 희망은 있습니다."

"희망? 그것이 무엇이오?"

"천마신교에 천마오가(天魔五家)가 있는 것은 아십니까?"

"전에 말하지 않았소? 천마신교의 시조인 천마의 다섯 제자 의 혈통이 이어진 가문이라고."

"네, 그렇습니다. 그러나 그 다섯 가문 중에는 혈통으로 이

어지지 않은 특별한 가문이 하나 있습니다."

"그렇소?"

"천마 시조의 제자 고괴는 살육을 즐겼던 인물로 심지어 천마 시조조차 그에게 살인을 자제하라는 명령을 내릴 정도로 잔혹한 인물이었습니다. 그는 여인에게는 어떠한 감정도 느끼지 못했고 오로지 살육으로만 쾌락을 찾는 미치광이였습니다. 그런 그에게 몸을 바칠 만한 여인도 없었고 그 또한 여인을 품을 생각도 하지 않았기에 그는 자손을 남길 수 없었습니다. 대신 그는 양자를 들여 자신의 무공을 전수해 주었습니다."

"그런데 그것과 희망이라는 것과 무슨 상관이 있소?"

"그 양자가 만든 가문의 이름이 바로 천살가(天殺家)입니다. 그리고 그 양자 또한 다른 양자를 들여 그 가문의 대를 잇게 했습니다."

"천살가라……."

피월려는 그 이름에서 설마 하는 생각이 들어 주하를 돌아보았다. 주하는 그를 마주 보고는 고개를 끄덕이며 대답했다.

"사실 고괴는 자기와 똑같은 성향이 있는 양자를 거두었던 것이며, 그 양자 또한 자기와 똑같은 성향이 있는 또 다른 양자를 거두어 가문을 잇게 한 것입니다. 그 이유는 고괴가 익힌 마공이 특별한 체질을 가진 사람들만 익힐 수 있는 마공이기 때문이었습니다. 그 체질이란 것이 바로 천살성입니다."

"······."

"그들은 그 전통을 아직도 지키고 있어 태생마교인이든 외부인이든 어린 천살성이라면 일단 입양을 고려합니다. 만약 혹설이 천살성이라면 외부인이라 할지라도 얼마든지 입교할 수 있을 겁니다."

"그것 참 다행이오. 그럼 한시름 놓았군."

피월려의 안색이 눈에 띄게 좋아졌다. 그러나 주하의 표정은 더욱 굳어졌을 뿐이다.

"그러나 그건 어디까지나 혹설이 천살가의 시험을 통과했을 때의 이야기입니다."

피월려는 눈살을 찌푸렸다.

"시험이라니? 내가 본 교에 입교할 때 받았던 것과 비슷한 것 말이오?"

"그보다 더 지독할 수 있습니다. 그들의 시험 방법은 본 교 내에서도 그들 외에 아는 이가 없고 성공 확률도 지극히 낮으며 성공하지 못한 자들을 그 누구도 다시 본 사람이 없습니다. 천살가의 사람들은 혼인도 잘 올리지 않고 익히는 마공도 달라 다른 마교인과 교류할 필요도 없는 데다가 천성적으로 혼자 있기를 좋아하는 터라 천살가의 비밀을 아는 이는 그들 외에 거의 존재하지 않습니다."

피월려는 천살가와 비슷한 가문이 생각났다.

"그건 마치… 사천당문과 같군. 당문 또한 독과 암기라는 독특한 무공 때문에 폐쇄적이게 된 것과 비슷한 맥락이라 생각하오. 그들도 지독한 것으로는 둘째가라면 서러울 정도로 중원에서 유명하지 않소? 그러니 천살가라는 그 가문 또한 마인들조차도 연을 맺기를 꺼릴 정도로 지독한 가문일 것이오. 게다가 천살성으로만 이루어진 가문이라니……. 그 가문이 지금까지 유지되고 있다는 것만 보아도 이미 천살성조차 따를 수밖에 없는 혹독한 가법(家法)과 훈계가 있을 것이라 짐작되오."

피월려의 머릿속에서 가도무의 모습이 그려졌다.

지금까지의 설명을 듣자 하니 가도무는 분명히 천살가의 인물일 것이다. 천살성이라는 점이나 천살성 전용 마공을 익혔다는 점이나 모두 천살가의 특징과 부합되는 면이 있다.

만약 그렇다면 보통 사람과 차이를 느낄 수 없을 정도로 완벽했던 그 겉치레는 단순히 연륜으로 다져진 것이라기보다는 천살가의 교육으로 그리된 것이라 보는 것이 옳았다. 아무리 마인들이 사는 마교라 하나 그곳 역시 인간의 사회이며 천살성이 마음대로 살기를 뿜어대며 활개치고 돌아다닐 리는 만무했다.

"그들에 대한 소문으로는 확실히 그런 듯합니다."

주하는 무심코 피월려에게서 시선을 옮겨 흑설에게 두었다.

흑설은 큰 눈을 깜박이며 주하의 얼굴을 이리저리 살펴보았다.

피월려는 한 손으로는 자기 머리를 긁적이고 다른 손으로는 흑설의 머리를 긁적였다. 고민하는 와중에 무의식적으로 행동한 것이어서 그런지 쓰다듬으라는 명령과 긁적이라는 명령이 충돌해 하나로 치우쳐 버린 것이다.

흑설은 은근슬쩍 머리를 움직여서 아까부터 가려웠던 부분을 피월려가 긁는 부분으로 움직였다. 곧 목 뒤로 찌릿하고도 상쾌한 기분이 느껴졌다. 그녀는 말랑말랑한 입술을 한 손으로 비비면서 피월려에게 조심스럽게 물었다.

"이 아줌마는 누구예요?"

피월려는 너털웃음을 터뜨렸고, 주하는 아랫입술을 살짝 깨물었다.

"난 아줌마가……."

주하는 말을 마치지 못하고 다시 입술을 깨물 수밖에 없었다. 그리고 곧 흥 하고 콧바람 소리를 내며 고개를 돌렸다. 흑설은 엄밀히 말해서 마교인이 아니므로 제이대의 법칙상 주하는 흑설과 대화할 수 없었다.

피월려는 그런 주하의 모습을 보고 다시 한번 헛웃음을 지었고, 주하는 고개를 움직이지 않은 채 그를 째려보며 말을 이었다.

"웃지 마십시오."

"아, 알았소. 흑설이 어미처럼 생각하는 예화가 이십 대였던 것을 생각하면 주 소저를 아줌마라고 부른 것도 어찌 보면 당연한 것이오. 그러니 너무 화내지 말고 너그럽게 넘어가 주시오."

"……."

주하는 아무런 대답도 하지 않았다.

피월려는 앞에 있는 흑설을 양팔로 안아 들어 무릎 위에 앉혀서 눈높이를 맞추었다.

흑설의 눈에는 어린아이의 순수함 그 이상도 이하도 없었다.

이 아이가 천살성이라니 참으로 믿기 어려웠다.

피월려는 다시 한번 확인할 필요성을 느꼈다. 그는 손가락을 뻗어 한 상인을 가리켰다.

"흑설아, 저 아저씨를 봐봐."

"응."

"저 아저씨가 지금 기분이 좋을까, 나쁠까?"

그 상인은 좋은 월척을 만났는지 연신 웃는 표정으로 침을 튀겨가며 상품을 설명하고 있었다. 평범한 사람이라면 누구라도 그 상인의 기분이 좋다는 것을 알 수 있을 정도였다.

그러나 천살성은 다르다.

"모르겠는데요."

피월려는 차분한 목소리로 물었다.

"왜 모르겠니? 저 상인이 웃고 있잖아?"

"응."

"그러면 기분이 좋은 걸까, 나쁜 걸까?"

흑설은 작은 팔로 턱을 받치고 눈초리를 모아 마치 대단한 고심을 하는 것처럼 행동했다.

"흠, 모르겠어요."

"……."

피월려는 맥이 팍 빠지는 것 같았다.

흑설은 그런 그를 궁금증이 담긴 눈빛으로 바라보았다.

"아저씨, 왜 그래요?"

"아니, 아무것도 아니다. 에, 그러니까 말이다, 저 상인이 저렇게 웃는 이유는 기분이 좋아서 웃는 것이야."

"기분이 좋아서 웃는 것이라고요?"

"응, 그래."

"왜요?"

"왜?"

"네, 왜요?"

"왜… 왜라고 하면… 그니까……."

흑설은 피월려를 빤히 보며 고개를 갸웃했다. 피월려는 애써 그 시선을 외면하며 최대한 머리를 굴렸지만, 사람이 왜 기분이 좋을 때 웃는지 그 이유를 설명하지 못했다.

기다리다 못한 흑설이 먼저 말을 꺼냈다.

"꼭 기분이 좋다고 웃는 건 아니잖아요?"

"그, 그렇지."

"꼭 웃는다고 기분이 좋은 것도 아니지 않나요?"

"그거야… 뭐……."

"그런데 왜 사람이 웃는다고 해서 기분이 좋을 것으로 생각하는 거죠?"

"……."

"아저씨?"

"모르겠다, 나도."

"피이, 뭐야? 재미없어."

흑설은 한쪽 볼을 크게 부풀렸다.

피월려는 괜스레 부끄러워져 고개를 숙이며 살짝 옆으로 돌렸는데, 그곳에는 주하가 그를 묘한 눈길로 바라보고 있었다. 아무런 감정도 없는 표정임에도 피월려는 뭔가 이상한 감정을 느꼈다.

주하는 도도하게 시선을 거두며 툭 내뱉듯 말했다.

"어린아이입니다. 너무 화내지 말고 너그럽게 이해해 주십시오."

울컥!

피월려의 눈가가 그의 의지를 벗어나 파르르 떨렸다. 피월려는 침을 꼴딱 삼키면서 안의 무언가를 진정시켰다.

흑설은 그런 그의 마음도 몰라주고 배시시 웃으면서 신기한지 그의 눈썹을 손가락으로 비볐다.

"와! 마구 떨려요!"

피월려는 눈을 감아버렸다.

# 제십오장(第十五章)

"가족인가?"

피월려는 당연히 주하가 사라졌을 것으로 생각했기에 문지기가 하는 그 말을 이해할 수 없었다. 매의 눈과 같이 쳐다보는 문지기의 시선을 따라가니 그곳에는 멀쩡히 서 있는 주하가 있었다.

피월려는 주하가 모습을 드러낸 이유에 대해서 순간적으로 의문을 품었으나 곧 이해했다. 그리고 임기응변을 발휘해 문지기의 질문에 대답했다.

"아, 그렇습니다. 여기는 제 아내이고 이 아이는 제 조카인데, 형님께서 잠시 제게 맡겼습니다. 이번에 낙양에서 형님 댁과 만나려고 찾아오는 길입니다."

"어디서 오는 길이지?"

"이천 옆에 있는 작은 산골 마을입니다."

"그런가?"

문지기는 의심스러운 눈초리로 피월려와 주하, 그리고 흑설을 한 번씩 훑어보았다. 묘장에서 진한 화장을 한 얼굴을 깨끗이 씻고 피가 묻은 궁장 차림에서 평복으로 갈아입은 흑설이나, 흙먼지를 적당히 묻혀 고급 옷감이 잘 드러나지 않는 피월려나, 반반한 얼굴 말고는 특이한 점이 없는 주하나 딱히 트집 잡을 부분은 없었다.

"좋다. 들어가라."

"아, 감사합니다."

피월려는 방긋 미소를 지으며 연거푸 고개를 숙이며 인사했다. 그런 그의 모습을 보면서 문지기가 딱딱한 목소리로 경고했다.

"요즘 낙양에 무림인의 숫자가 급속도로 많아져서 전부 다 통제하기 곤란한 지경에까지 이르렀다. 그러니 칼부림이 나거든 알아서 잘 피해 다니는 것이 좋을 것이다."

"아, 그렇습니까? 충고에 감사드립니다."

피월려는 다시금 고개를 숙였고, 그 모습은 영락없는 평민이었다.

그렇게 남문에서 몇 걸음을 걷고 나니 유흥가가 나타났다. 그러나 정오가 가까운 시간이라 그런지 모든 집이 문을 걸어 잠그고 있었고, 길가는 매우 한적하여 무공을 수련해도 될 정도였다.

주하는 피월려가 고개를 숙이던 것을 생각하며 입을 열었다.

"역시 피 공자의 연기 실력은 타의 추종을 불허합니다."

칭찬을 빙자한 명백한 조롱이었다.

달거리라도 하는 건가? 피월려는 오늘따라 주하의 기분이 좋은 것 같지는 않다고 생각했다. 그러나 그렇다고 자기 기분까지 안 좋아지고 싶은 생각은 없었다.

"흑도인이라면 이런 경우가 많아 자연스럽게 연기력이 발전하게 되오. 집단의 울타리에 있으면 이런 것도 잘 모를 수밖에 없으니 신기하게는 보이겠소."

"집단의 고수들은 딱히 그렇게 다른 사람과 대화할 필요도 없이 은잠술로 무시하거나 암살해 버리면 되기 때문에 신기하다기보다는 딱한 생각이 앞설 뿐입니다."

피월려는 평소보다 훨씬 좋은 주하의 입담에 갑자기 말문이 막혔다. 예상하지 못한 수준의 공격이 들어온 것이다.

그는 한동안 심력을 총동원하여 적당한 반격을 하려 했는데 뒤를 돌아봤을 때는 이미 주하가 모습을 감춘 뒤였다. 소리를 지른다면야 들리긴 하겠지만 그 꼴을 상상하니 정말로 딱해지는 것 같아 관뒀다.

비겁하게 자기 할 말만 해놓고 사라져 버리다니.

그러나 피월려는 그 생각을 바로 고쳐먹게 되었다.

전방에서 다섯이 넘어가는 남자가 노골적으로 살기를 풍겨대며 피월려를 주시하고 있었기 때문이다. 주하는 그들의 낌새를 느끼고 전과 같이 몸을 숨긴 것이다.

적이 될지도 모르는 그 남자들은 모두 같은 형식의 옷을 입고 있었다. 바로 청자색의 포와 영웅건. 피월려는 그들이 청일문 소속의 무인이라는 것을 알 수 있었다.

게다가 그들의 중앙에 있는 사내는 삼 일 전에 만난 적이 있는 자였다. 그의 영웅건은 다른 사람의 것과 다르게 테두리가 흰색으로 되어 있어 기억하기 어렵지 않았다.

"아직도 낙양을 떠나지 않았다니 배포가 좋소."

뜬금없는 말에 피월려는 걸음을 멈추고는 막 앞으로 걸어가는 흑설의 뒷목을 잡아 안쪽으로 당겼다. 영문을 모르는 흑설은 이상한 소리를 내며 앞으로 팔을 휘적거렸으나 피월려의 우악스러운 힘을 이길 수는 없었다.

"나를 아시오?"

"알다마다. 삼 일 전에 만난 적이 있지 않소?"

거리에서 걸어 다니다가 잠깐 마주친 것이 전부이다. 그런 것까지도 기억하는 것을 보니 이 남자의 눈썰미는 보통 사람보다 훨씬 뛰어난 듯싶다.

피월려도 그의 얼굴을 기억했으나 짐짓 모르는 척 표정을 찌푸렸다.

"나는 기억이 안 나오."

"청일문에서 순찰대장으로 지낸 세월이 십 년이 넘소. 낙양 출신이 아닌 무림인은 한 번 보면 잊지 않소."

"요새 많은 무인이 황룡환세검법을 노리고 낙양에 흘러들어 왔다는 말을 들었소만, 착각한 것이 아니요? 최근 들어 많아진 사람들을 모두 기억하려 하다 보면 능히 그럴 수 있지."

말을 하던 사내를 제외한 네 명이 모두 다 같이 약속이라도 한 듯 웃음을 터뜨렸다. 그러나 그 사내는 날카로운 눈빛을 유지하며 조금의 감정도 얼굴에 표현하지 않았다.

"정정하겠소. 낙양 출신이 아닌 고수들은 한 번 보면 잊지 않소."

무림인은 기억하지 못하나 고수는 기억한다는 말이다. 그리고 그것은 그 남자가 피월려를 고수라 판단했다는 뜻이기도 했다.

피월려가 물었다.

"한 번 보고 어떻게 누가 고수인지 확신하오?"

"고수들이 가지는 특유의 기운이 있지. 나는 그것을 남보다 더 신속하게 감지하는 재능이 타고나 이 자리에 오를 수 있었소. 그리고 그 감각은 한 번도 나를 배신한 적이 없소."

"뭐, 나를 고수라 칭찬해 주니 감사하긴 하오만, 타지의 고수란 이유만으로 살기등등할 리는 없을 터. 용무가 무엇이오?"

그 남자는 손을 뻗어 흑설을 가리켰다.

"나는 귀하에게 용무가 있는 것이 아니라 그 아이에게 있소."

"흑설에게?"

피월려는 놀람을 감추지 못하고 흑설을 돌아보았다. 흑설은 자기의 이름이 불려서 당황했는지 양손을 쭉 펴고 머리와 함께 도리도리 흔들었다.

"처음 보는 사람들이에요."

피월려는 의문을 품은 눈빛으로 그 남자를 다시 돌아보았다.

"이런 어린 소녀에게 청일문에서 무슨 용무가 있다는 것이오?"

"엄밀히 말하면 귀하도 연관되어 있을 것이나 피값 하나는 하나로 치러야 하는 것이 무림의 법도이니, 그 애의 목숨을 내놓는다면 그대에게 해가 되는 일은 없을 것이오."

"피값이라 했소? 그것이 무슨 말이오?"

"어제저녁 청일문 무인이 월루에서 살해당했소. 정황을 살펴보니 귀하와 그 어린아이가 가장 유력한 용의자였는데, 목 뒤에 난 작은 검상은 은장도가 아니면 불가능할 정도로 작은 것이었소. 그 아이가 무슨 의도에서 그런 것인지는 모르겠으나, 우리 청일문 무인을 암살하고서 도주한 것이오. 그 아이는 전문적으로 키워진 살수이오."

"……."

"이 사실을 몰랐다면 비켜서시오. 귀하에게는 아무 은원도 묻지 않겠소."

그때 피월려는 뒤에서 느껴지는 인기척에 고개를 돌렸다. 뒤쪽으로 세 명의 청일문 무인이 살기 번뜩이는 눈빛으로 피월려를 주시하고 있었다.

스릉! 스르릉!

살결을 떨리게 하는 소름 돋는 검명이 청일문 무인의 검집에서 은은하게 울려 퍼졌다.

피월려는 본능적으로 허리를 더듬었으나, 검이 없다는 사실에는 변함이 없었다. 그는 하는 수 없이 흑설에게 손을 뻗었다.

"은장도 있지? 줘봐."

흑설은 한쪽 볼을 부풀렸다.

"싫어요. 예화 언니는 그 누구도 못 줘요."

"예화 거 말고 원래 네 것 말이야."

굳이 무기로 사용하겠다면 예화의 은장도가 크기도 그렇고 모양도 훨씬 실용적이다. 그러나 흑설이 죽으면 죽었지 그것을 내줄 리 만무했기에 피월려는 하는 수 없이 흑설의 것을 써야 했다.

포— 옹!

은장도가 뽑히는 소리는 안타깝기까지 했다.

그 모습을 보던 그 남자가 말했다.

"쌍검을 가지고 있는 것으로 기억하오만?"

피월려는 양손의 주먹을 쥐었다 펴는 것을 빠르게 반복하면서 입꼬리를 올렸다.

"청일문 정도야 은장도면 충분하지."

"정말로 해볼 생각이오? 잘 생각하시오. 그 애만 내주면 피볼 일도 없이 그냥 지나갈 수 있소. 그러나 여기서 청일문 무인이 한 명이라도 죽게 된다면 그 이후의 사태는 걷잡을 수 없게 될 것이오."

피월려는 코웃음을 쳤다.

"어이가 없군. 머리에 피도 안 마른 여자애와 밤을 지낼 생각을 한 것부터 그 개새끼는 죽어도 싸다. 그것에 대해서는 백도를 자처하는 네놈들이 할 말은 없겠지."

그건 사실이었다.

만약 흑설이 죽지 않았다고 해도 그 사실이 알려졌으면 청일문에서 파문당했을 것이다. 그러나 엄연히 죽을 때는 청일문 무인으로 죽은 것이고 그것은 곧 청일문 전체에 대한 도전이었다.

따라서 피값은 치러져야 한다.

그 사내는 검을 피월려에게 겨누며 말했다.

"내 이름은 왕창삼이오. 고수와 검을 섞게 되어서 영광이오."

포권을 취하는 그의 모습을 보며 피월려는 감탄과 참담함을 모두 느꼈다. 적이 작디작은 은장도를 꺼내 들었음에도 전혀 괄시하지 않는 태도로 일관하는 자가 호락호락할 리 없었기 때문이다.

피월려는 갑자기 흑설을 번쩍 안아 들어 내력까지 사용해서 위로 높이 던졌다. 갑자기 공중에 몸이 던져지게 된 흑설은 경직된 표정으로 아래로 쏟아지는 시야를 바라볼 뿐이다. 그러나 다행히도 그녀의 몸은 길옆에 우두커니 서 있는 높은 나무의 굵은 가지 위에 안착했다.

피월려는 허리를 숙이며 낮은 자세로 손을 교차시켰다. 눈동자에 흰자위가 드러나며 섬뜩한 삼백안(三白眼)이 되었다.

[죽이시면 안 됩니다. 현재 지부는 청일문과의 은원 관계를 확정하지 않았습니다. 지금 여기서 척을 지게 되면 회유책을 쓰게 될 경우 큰 걸림돌이 될 수 있습니다. 정 죽이시려거든 피 공자가 본 교와 연관되어 있다는 것을 조금도 의심할 수 없게 해야 합니다.]

주하의 전음을 들은 피월려는 아무런 반응도 보이지 않았지만 속으로는 짜증이 왈칵 솟아올랐다. 한낱 나부랭이도 아니고 백도문파의 무인들에게 협공당하는 마당에 죽일 수 없다는 조건은 수십 근의 쇠고랑을 차고 검을 놀리는 것과 진배없었다.

그것뿐만이 아니었다. 천마신교와의 관계를 숨기려면 마기를 뿜어낼 수 없으니 극양혈마공의 힘도 제대로 사용할 수 없다. 아니, 사용하는 것은 고사하고 자제하는 것에 심력이 더 낭비될 뿐이다.

이런 상황에 용안을 사용하지 않을 수 없다. 그가 용안의 힘을 발휘할 때는 일방적으로 일류고수를 도륙할 수 있는 수준이 되지만 웬만한 절정고수와는 동등하게 싸우기도 벅차다. 용안의 특성상 한 기준점을 놓고 그 이하의 속도는 너무나도 손쉽게 상대할 수 있고, 그 이상에는 아무런 소용이 없는 탓이다.

그는 용안을 발판 삼아 절정고수의 수준에 겨우 코를 내밀고 숨을 쉬는 것과 같았다. 냉정하게 말하면 용안이 없는 피월려는 일류고수에 지나지 않는다. 그것도 내력이 한 줌도 없는 외공의 고수 말이다.

그럼에도 피월려는 용안을 사용하지 않기로 마음을 굳게 다잡았다. 죽음의 공포를 용안으로 피해 다니기만 해서는 정신적으로 절대 성장할 수 없다는 깨달음을 무로 되돌리고 싶지 않았다.

용안을 좌도라 불렀던 서화능의 말이 옳다.

피월려는 자신에게 기합을 넣으면서 큰 소리로 도발했다.

"와라!"

"모두 망진(網陣)을 펼치고 대기하라!"

왕창삼은 주변에 있는 모든 무사에게 그렇게 명령하고 양손으로 검을 다잡았다. 그는 곧 경공을 펼치는 것과 같은 보법으로 피월려에게 뛰어왔다.

그 속도 자체는 유별나게 빠른 것은 아니었으나, 앞뒤로 몸을 크게 흔드는 것처럼 변속이 심한 보법이었다. 피월려는 언제가 한 걸음의 시작이고 언제가 한 걸음의 끝인지 분간할 수 없었다.

처음 공방이 시작될 때는 서로의 영역을 판가름하는 것이 중요하다. 지금 내가 공격당할 수 있는 위치인지 아니면 아직은 기다려야 하는지 그것을 정확하게 집어낼 수 있는 사람만이 선공의 기회를 획득할 수 있으며, 이는 일전을 유리하게 이끌어가는 가장 좋은 방법이다.

따라서 피월려가 왕창삼의 영역을 잘 분간할 수 없다면 어쩔 수 없이 방어를 준비해야 한다. 그것이 논리이고 정설이다.

그러나 지금 피월려의 상황은 정설에서 조금 벗어나 있다. 무기가 검이 아니라 작디작은 은장도이기 때문이다.

이 작은 은장도로 어찌 고수의 검을 방어한다는 말인가?

신물주처럼 어기충검을 마음대로 쓰기는커녕 내력조차 제대로 사용할 수 없는 그가 말이다.

피월려가 고심하는 사이에 이미 왕창삼의 검이 정수리를 향해 떨어지는 것이 눈에 보였다. 용안을 사용하며 편하게 마음 놓고 상황을 정리하는 데 익숙해져 버렸으니 그 검이 원래의 속도보다 훨씬 더 빠르게만 느껴져 마음이 다급해졌다.

선뜻 결정을 내리지 못했다.

앞으로? 뒤로?

피월려는 결국 자기도 모르게 앞발을 내디뎠다. 한번 뒤로 피하면 계속 끌려다닐 테고, 심력을 쓸데없이 소모하는 와중에 지구전으로 가면 내력의 고수를 이길 수는 없기 때문이다.

일단 부딪치는 것이 답이다.

피월려는 상대방의 검에 대한 생각을 모두 잊고 오로지 공격에만 집중했다. 그 결과 피월려의 오른손에 쥐어진 짧은 은장도가 왕창삼의 어깻죽지를 찍으려 했다.

그러자 왕창삼은 방어를 배제한 피월려의 동귀어진과 같은 공격에 급하게 몸을 선회하며 검을 거두었다. 그대로 공격하면 피월려를 죽일 수 있겠지만, 본인도 어떤 상처를 입을지 미지수였기 때문이다.

역시 백도인은 백도인이다.

찌이익!

은장도가 왕창삼의 소매를 두 갈래로 만들었다.

어깨를 찔렀다고 생각했는데 건든 건 고작 소매다. 위기감을 느낀 피월려는 조금도 고심하지 않고 거리를 벌리려는 왕창삼의 품으로 달려들었다. 내 무기가 상대방보다 짧으면 짧을수록 거리를 좁혀야 하는 것이 정석이고 또한 화려한 보법을 펼치면서 청일문의 무공을 선보이기 시작하면 매우 골치 아파지기 때문이다.

그런데 이미 늦었다. 별다른 피해를 입지 않은 왕창삼이 마음의 흔들림 없이 수년간 하루도 빠지지 않고 수련했던 무공을 자연스럽게 펼쳤기 때문이다.

뒤쪽으로 쭉 뻗은 장검.

그 끝에서 청일검수의 독문검법이자 청일문의 대표 검법인 수무검공(水舞劍功)이 왕창삼에 의해 발현되기 시작했다. 수무검공이라는 그 이름답게 한없이 부드러운 기운이 왕창삼의 몸을 부드럽게 훑었다.

쿵쾅쿵쾅.

피월려는 극도로 흥분한 심장 소리가 왜 이리도 크게 들리는지 알 수 없었다. 마기가 넘친 것도 아니고 술이 들어간 것도 아니다. 그저 칼과 칼 사이에서 오가는 그 쾌감이 그를 미소 짓게 한 것이다.

얼마 만에 이런 감정을 느껴보는가?

용안을 발휘했을 때와는 비교조차 불가능할 정도로 격한 전율이 온몸의 신경을 뒤흔들었고, 그 여파가 피월려의 마음속에 깊게 잠자는 극양혈마공을 시나브로 자극하기 시작했다.

은은한 푸른빛이 감도는 왕창삼의 검이 티끌 없는 반원을 그리며 하단에서 위로 치고 올라왔다. 왼 다리를 축으로 양손으로 허리를 돌리며 올려 베는 그 동작은 젊은 여인의 춤사위 같은 기품이 서려 있었다.

내력을 활용하는 검공이 없는 피월려의 단점과 물이 흐르는 것 같은 수무검공의 장점을 놓고 보면 한번 시작된 왕창삼의 검을 막을 수 있는 수단은 피월려에게 전무했다. 무기의 차이나 무공의 차이가 너무나 심하다. 그러니 조금이라도 뒤로 물러서면 승리를 장담할 수 없다.

피월려는 하늘 높이 도약했다.

그러나 그의 머리 위치는 별반 달라지는 것이 없었다. 마치 머리가 공중에 고정된 상태로 다리만 위로 훌쩍 넘어가는 듯한 모습이었다. 그리고 곧 그의 허리가 휘어진 나뭇가지처럼 역으로 꺾이면서 초승달과 같은 곡선을 만들었다.

찌이익!

반월을 그리다 못해 한 바퀴를 돈 왕창삼의 검끝에 피월려의 의복 자락이 펄럭였다. 왕창삼의 검이 그린 깨끗한 원 끝에 가까스로 피월려의 등이 걸린 것이다. 피월려의 도약 시간이 조금이라도 느렸다면 등살이 찢어지는 것은 고사하고 등뼈까지도 위험할 수 있었다. 부드러운 움직임에 중(重)을 담고자 양손을 사용하는 것이 수무검공에 담은 청일검수의 깨달음이었기 때문이다.

왕창삼은 순간 시야가 매우 어두워지는 것을 느꼈다. 피월려의 다리가 태양빛을 가로막아 공중에 그림자를 만들었기 때문이다.

왕창삼은 생각했다.

단련된 곡예사가 아닌 이상 내력도 없이 저런 식으로 도약할 수는 없다. 그러나 어떤 보법을 펼치는 듯한 기색은 없었다. 그렇다면 수무검공이 펼쳐지고 검이 다가오는 그 짧은 시간에 발에 내력을 담아내었다는 것이다.

게다가 이 상식을 뛰어넘는 움직임.

흑도고수와의 실전은 달라도 뭔가 달랐다. 왕창삼은 역시 피월려가 보통 고수가 아니라는 것을 다시 한번 절감하며 곧 있을 충격에 검을 놓치지 않고자 손아귀에 힘을 강하게 주었다.

중력의 법칙에 의해서 피월려의 몸은 다리부터 앞쪽으로 떨어졌고 마치 말을 타는 것처럼 그의 양다리가 왕창삼의 양어깨에 턱하니 걸쳐졌다. 허리를 숙이며 손을 뻗어 은장도로 머리를 찌르려는 모습이 왕창삼의 머리에 그려졌다.

왕창삼은 공중에 떠 있는 검을 돌려 잡았다. 이미 힘을 주어 검의 미동을 최소화한 뒤라 수무검공의 묘리를 담기가 수월했다. 게다가 양손이니 역 흐름을 일으켜 대각선으로 벨 수 있는 자세가 쉽게 나왔다. 은장도가 도달하기 전에 손과 다리를 모두 베어버릴 수 있을 것이다.

역시 수무검공이다.

왕창삼은 승리의 기쁨을 느끼며 마지막 일격에 혼심을 담았다.

그런데 이상하다.

지금쯤이면 시야로 매섭게 들어와야 하는 피월려의 상체가 이상하게도 감감무소식이다.

그때, 갑자기 몸이 앞으로 쏠리는 것을 느낀 왕창삼은 아차 하는 생각이 머리를 스쳤다. 피월려는 허리를 굽혀서 상체를 일으킨 것이 아니라 왕창삼의 어깨 뒤로 양 무릎을 굽히면서 그대로 몸을 떨어뜨린 것이다. 그러자 그의 몸은 마치 한 몸인 양 왕창삼의 몸에 착 달라붙었다.

피월려의 정수리에서 분비되어 그의 머릿결을 타고 내려와 그 끝에서 방울이 되어 떨어진 땀이 땅으로 스며드는 그 순간 은장도는 인간의 피육 속으로 파고들었다.

인간의 무릎 위에 있는 혈해혈이 파열되면 비뇨기관에 막심한 고통이 전달되며, 그 누구라도 다리를 절며 주저앉지 않을 수 없다.

"카!"

살포시 은장도를 뽑은 피월려는 다리로 차면서 왕창삼을 놔주고 손으로 바닥을 받쳐 바른 자세로 다시 섰다. 그 후 상상을 초월하는 순간적인 고통에 검을 놓치고 주저앉아 버린 왕창삼의 목에 은장도를 가져다 대는 것은 별로 어려운 일이 아니었다.

"패배를 인정하시겠소?"

"크… 큭……."

혈해혈은 치명적인 급소가 아닌지라 지속적인 고통은 그리 심하지 않았다. 왕창삼은 분한 마음에 입술을 꽉 깨물었다. 능글거리는 표정의 피월려와 나무 위에서 묘기를 감상하는 듯한 혹설의 태도는 철저하게 승리자의 모습이었다.

피월려가 다시 물었다.

"인정하시겠소?"

"좋다, 내가 졌다."

피월려는 백도인들을 경멸하면서도 이럴 때만큼은 백도의 방식이 참으로 좋았다. 피월려 같았으면 다른 무사들과 다 같이 합공하여 쉽게 죽여 버렸을 것이다.

"비겁한 수법을 썼다느니 뭐 그런 말 없소? 백도인이면 항상 하는 그런 것 있지 않소?"

"나도 본래 낙양의 흔한 파락호였다. 내가 청일문에 들어와 백도인이 되는 그날 최소한 그런 머저리는 되지 말자고 다짐 했지."

"흥! 어련하시겠소."

"패배했으니 오늘은 물러가겠다. 그러나 피값을 잊을 수는 없는 법. 다시 낙양에서 네놈들을 찾게 된다면 청일문에 나보 다 강한 고수가 바다의 모래알만큼이나 있다는 것을 알게 될 것이다."

피월려는 왕창삼과 오랫동안 검을 섞은 것이 아니기에 그의 실력을 정확하게 파악할 수는 없었지만, 적어도 일류는 된다 고 생각했다. 그보다 강하려면 일류에서 절정은 되어야 하는 데, 그런 고수의 숫자가 바다의 모래알만큼 있을 수는 없다.

피월려는 비웃음을 숨기지 않으며 은장도를 거뒀다.

"가시오."

왕창삼은 자기 옷고름을 탁 잡으며 일어났다. 그리고 한 손 으로는 검을 쥐고, 남은 손으로는 다른 무사들의 어깨를 잡고 절뚝절뚝 걷기 시작했다.

그들은 곧 피월려의 시야에서 사라졌다.

주하는 나무 위에서 뛰어내려 피월려의 옆에 안착했는데, 그녀의 팔에는 흑설이 대롱대롱 매달려 있었다.

"솔직히 피 공자께서 피를 보는 것이 아닌가 하는 염려가 들었습니다."

"여긴 성안이오. 모두 죽이려면 마공을 쓰지 않고는 불가능한데, 만약 마공을 쓴다면 살인멸구해야 하고, 그렇다면 여기저기 숨어서 구경하던 평범한 낙양인들까지도 모두 도륙해야 하오."

"어차피 그 부분은 제가 합니다만? 피 공자께서 꺼릴 이유는 없지 않습니까?"

피월려는 책망하는 눈빛으로 주하를 슬쩍 흘겨보았다.

"설마 무림인도 아니고 아무런 상관도 없는 자들을 죽이겠다는 것이오?"

주하는 늙은 뱃사공을 언급했다.

"피 공자도 그러시지 않으셨습니까? 뱃사공을 죽이셨잖습니까?"

"그 사람은 상관이 있는 자이오. 내 목숨을 노렸으니 내 손에 죽어도 할 말이 없을 것이오."

"낙양제일미는 피 공자를 죽이려 하지 않았습니다만?"

"……."

주하는 양 어깨를 들썩였다.

"결국 기준 차이일 뿐입니다. 피 공자에게 있어서 상관이 있는 자들은 피 공자를 죽이려 하는 자들이고 저에게 있어 상관이 있는 자들은 제 임무에 관계된 모든 인간입니다."

피월려는 뭐라 반박하고 싶었으나 꿀 먹은 벙어리처럼 입이 열리지 않았다.

그런데 참으로 다행히도 흑설이 그를 도와주었다.

"아아, 배고파요. 우리 밥 먹으러 가요!"

흑설은 손을 잡아달라는 듯 내밀었다.

주하는 눈앞에서 모습을 감췄고, 머리를 흔들며 잡생각을 떨쳐 버린 피월려는 찢어진 옷가지를 대충 정리하면서 흑설의 손을 잡고 걸음을 옮겼다.

*         *         *

"이 아이입니까?"

"그래."

주하는 눈앞에 나타난 한 이대원에게 고개를 끄덕였다. 옆에서 눈치를 보던 피월려는 흑설에게 눈을 맞추고는 말했다.

"잠깐 떨어져 있어야 할 것 같다."

"그래요?"

"가서 조금만 지내고 있어. 내가 곧 찾아갈게."

"알았어요. 이 언니를 따라가면 되나요?"

"응."

아무렇지도 않게 피월려의 손을 놓은 흑설은 그 이대원에게 다가가 위를 올려다보며 방긋 미소를 지었다.

피월려의 예상과 다르게 흑설은 피월려에게서 떨어지는 것에 대해 별달리 생각하는 것 같지 않았다. 적어도 슬픈 표정 정도는 기대했던 피월려는 은은한 실망감과 아쉬움에 흑설의 머리를 쓰다듬을 뿐이었다.

"그럼 이만 가보겠습니다."

그 이대원은 고개를 살짝 숙이고는 몸을 돌려 복도의 다른 쪽으로 걷기 시작했다. 흑설도 피월려에게 손을 흔들곤 점차 시야에서 멀어졌다.

천마신교 낙양지부의 복도는 곡선이 없고 모두 직선으로 연결되어 있기 때문에 그 이대원과 흑설의 모습이 완전히 사라지기까지는 꽤 오랜 시간이 걸렸다. 그들의 뒤를 아득하게 바라보던 피월려는 오른쪽으로 돌며 사라진 그들의 마지막 모습을 보고서야 걸음을 옮기기 시작했다.

주하는 왠지 피월려의 걸음에 힘이 없는 것 같다고 느꼈다.

"이미 많은 것을 베푸셨습니다. 이 정도면 충분한 호의입니다."

"어찌 보면 사지로 내몬 것이 아닌가 하오."

"천살가가 아니면 천살성이 삶을 제대로 이어갈 수 있는 곳은 이 세상에 전무합니다. 만약 본 교에 입교하지 않고 밖에서 고아로 살아간다 해도 그 천성적인 살심을 버리지 못해 결국 주위 사람에 의해서 죽임을 당할 것입니다. 이리 죽으나 저리 죽으나 같으니 그나마 희망이 있는 곳에 보내는 것이 최선입니다."

"나도 그렇게 생각하오만, 그래도 이상하게 마음이 개운하지가 않소."

"……."

주하는 순간 피월려에게 설명하기 어려운 거리감을 느꼈다.

지금의 피월려는 마치 딴사람을 보는 것 같았다.

정(情).

주하는 그것에 대해서 잘 알지 못했다. 배운 적이 없기 때문이다. 그러나 이제는 조금 알 것 같다. 피월려가 지금 무의식적으로 풍기는 이 묘한 냄새가 바로 정이다.

자신에게는 없는 냄새다.

주하는 갑자기 걸음을 멈췄다.

"왜 그러시오?"

고개를 뒤로 돌리고 질문하는 피월려는 먼 곳을 응시하는 듯한 눈빛을 한 주하에게 물었다.

주하는 아무런 말도 하지 않고 그대로 모습을 감췄다.

"달거리가 확실하군."

그렇게 중얼거린 피월려는 미소를 짓고 걷기 시작했다.

양천일좌이우사좌.

피월려는 곧 자신의 방문 앞에 도착했다.

생각해 보면 이곳을 떠난 지 만 하루가 되었으니 극양혈마공을 진정시킬 필요가 있었다. 마공을 크게 쓴 일이 없어 지금은 그 위험도가 그리 크지 않으나 언제 또 폭주할지는 미지수였다. 그러니 들어가면 아마 음양합일을 해야 할 것인데, 그것을 어찌 요구해야 할까?

피월려는 바로 방 안으로 들어가지 못하고 문 앞에서 머리를 긁적이며 고민하기 시작했다.

그런데 그때 방 안에서 몇몇 사람의 웃음소리가 크게 울렸다. 높은 음에 간질간질한 것이 모두 여인의 것임이 분명했다.

피월려는 식은땀이 나는 듯했다.

꿀꺽.

고수에게 일전을 신청하는 것만큼의 용기를 가지고 피월려는 방문을 열었다.

전과 같이 방 안을 채운 수많은 인형이 그를 반겨주었다. 다른 점이 있다면 한쪽에 있는 식탁 주위로 네 명의 사람이 둘러앉아 있다는 점이다. 그들의 앞에는 각자 모락모락 김이 나는 초록색의 찻잔이 놓여 있었다.

"어서 와요!"

"어, 피 공자! 이제 들어오세요?"

"외박은 어땠어? 좋았어?"

"드디어 오시는군요, 피 형."

진설린이 손짓을 하며 말했다.

서린지는 찻잔을 내려놓으며 말했다.

초류아는 음흉한 미소를 지으며 말했다.

주소군은 하품을 하며 말했다.

얼핏 보면 네 명의 아름다운 여인의 담소로 보일 수 있었다. 그러나 그중 한 명은 분명히 다른 성별을 가진 남자였다.

피월려는 온몸을 자극하는 기류에 왠지 방 안으로 들어가는 것이 매우 꺼려졌다. 사람이 들어가면 안 되는 성역을 본 것처럼 피월려는 자기도 모르게 뒷걸음질을 쳤다.

그러나 진설린이 그보다 훨씬 빠른 속도로 조르르 달려와 그의 팔을 붙잡았다.

"어서 들어와요."

피월려의 얼굴에서 어색함이 묻어 나왔다. 그는 진설린의 손길에 이끌려 어느새 침상에 앉게 되었다.

"다들 여기서 무엇을 하고 있었소?"

"그냥 담소를 나누고 있었어요. 제가 어젯밤에 모임에 나오지 않았다고 아침부터 여기에 와서는 점심까지 해치웠는데 아직도 할 얘기가 끊이지 않고 있죠."

"아, 그렇소?"

피월려는 사실 서린지나 초류아와 마주하는 것이 매우 어색했다. 서린지는 마음이 동했던 여인이고 초류아는 입맞춤을 한 상대이니 음양합일을 한 진설린 앞에서 그 둘을 마주보는 것은 정신적인 고문과 같이 괴롭기 그지없었다.

웬만한 여인이면 대충 눈치를 채고 조심할 법한데 초류아는 전혀 그런 성격이 아니었다. 대놓고 놀리면 놀렸지.

"호오, 우리 피 후배는 나랑 입을 맞추고 낙양제일미와 우운지락을 나눈 것으로도 모자란 걸까? 말없이 외박까지 하다니 말이야."

"그, 그게 아니오! 그냥… 그저……."

"내 대원들의 보고에 의하면 어떤 어린 여자아이를 데려왔다던데? 그건 누구 애일까? 흐응?"

피월려는 쉴 새 없이 진설린의 눈치를 보며 갑자기 변명하기 시작했다.

"하, 하늘에 맹세코 내 아이는 아니오. 그저 고아일 뿐이오."

진설린은 볼을 부풀리더니 길고 흰 손가락으로 눌러 이상한 소리를 내었다.

"푸우우우. 안 물어봤어요."

"아, 그니까 오해하지 말라는 그런……."

"푸우우우. 오해 안 해요."

"아! 그리고 그 입맞춤도 나한테 수면제를 억지로 먹이기 위한……."

"푸우우우. 요즘은 수면제를 입에서 입으로 먹나 봐요?"

"아, 아니오. 그때는 상황이 조금 복잡⋯⋯."

"푸우우우. 제가 피 공자가 너무 무뚝뚝하다고 하니까 서린지 언니는 피 공자가 되게 재밌대요. 왜 그렇게 생각하실까요?"

"그, 그거야 내가 알 수 있는 것이 아니⋯⋯."

"푸우우우."

"저, 진 소저?"

"푸우우우."

"⋯⋯."

초류아와 서린지는 입을 가리고 쿡쿡거렸다.

그 와중에 찻잔을 홀짝이며 한숨을 탁 내쉰 주소군은 갑자기 자리에서 일어났다.

"피 공자, 여인들은 여기서 담소나 나누라고 놔두고 남자들은 나가서 사내처럼 놀죠."

초류아가 코웃음을 쳤다.

"웃기시네. 너처럼 여자랑 말 통하는 남자가 어디 있다고 그런 말을 하니?"

주소군은 그 말을 가볍게 무시하고는 방 밖으로 나섰다.

"음양합일하기 전에 마공을 한번 시원하게 쓰는 게 좋지 않겠어요? 먼저 연무장에 가 있을게요."

탁.

방문이 닫혔고, 피월려는 마음에 들끓는 호승심을 느꼈다.

"진 소저, 잠시 가서 놀다 오겠소."

피월려의 눈빛이 갑자기 진지해져서 그런지 진설린은 순간 자신이 화가 나 있는 상태라는 것을 망각했다.

"아, 그, 그러세요."

"갔다 오겠소."

피월려는 굳은 표정으로 밖으로 나갔고, 그것을 얼떨결에 허락해 버린 진설린은 잠시 상황을 파악하지 못하다가 갑자기 옆에 있는 인형을 집어 던졌다.

"아! 뭐야? 그냥 나가 버린 거야?"

"그러게요."

"어쩜 저래?"

방 안에 남은 세 여인의 대화 주제는 자연스럽게 정해졌다. 곧 피월려에 대한 험담이 낙양지부를 가득 메우기 시작했다.

\*　　　　　\*　　　　　\*

이상하게 가려운 귀를 후비다 못해 손으로 탁탁 치며 괴로운 표정을 지은 피월려가 연무장으로 들어왔다.

천마신교 낙양지부는 진법 아래 지어져 있어 하늘의 빛이 침투하는 곳이 없었으나, 비무하는 고수들을 배려해서 연무장만큼은 햇빛이 은은하게 쏟아지게 만들어져 있었다. 그러나 공기 자체에서는 밖의 냄새가 전혀 섞이지 않았기에 피월려는 어딘가 야명주와 같이 빛이 속을 투과할 수 있는 물질로 햇빛을 들여오는 것이라 짐작했다.

연무장의 중심에는 주소군이 정면을 응시하며 검을 들어올린 상태로 미동도 하지 않고 서 있었다. 수련을 하기 앞서 마음을 진정시키고 정신을 맑게 하는 본인만의 자세인 듯싶었다.

무림인 대부분은 가부좌로 내공을 운행하여 기를 일주천하는 것으로 정신을 집중하지만, 주소군은 내공이 보편화하기 전의 고수들이 하던 그 모습으로 심신을 가다듬고 있는 것이다.

피월려도 일생일대의 일전을 준비할 때에는 항상 폭포를 이용했다. 내공이 없는 그로서는 그런 식의 방법만이 머릿속의 모든 것을 비워서 무상(無惻)으로 만들 수 있는 최고의 방법이었다.

피월려는 주소군의 모습에서 왠지 모르게 동질감이 느껴졌다.

그때, 사부님의 말씀이 귓가에 머물렀다.


"모든 것의 무(無)와 극(極)은 동일(同一)하다."

주소군은 심즉동의 고수다.

심즉동이란 어떤 경지인가? 마음이 움직이는 대로 기를 움직이는 경지라는 말로, 기를 다스리는 데 있어 가장 끝이라 불리는 경지이다.

본래 기(氣)라는 것은 느리게 움직인다.

기는 몸의 혈류를 통로로 쓰기 때문에 인간의 모든 신진대사를 거쳐 흐른다. 뼈와 혈관, 그리고 온갖 장기를 모두 통과한다. 그러니 그것을 움직일 때는 엄청난 집중을 요구하는데, 인간의 정신 속에는 집중을 방해하는 번뇌가 너무도 많다. 인간은 한시라도 잡생각을 완벽하게 떨쳐낼 수는 없다.

그러니 아무리 기가 무형(無形)이라고 하나 그 속도가 매우 느린 것이다. 무림인은 이를 해결하기 위해서 내공이라는 것을 만들고 끊임없이 익힌다. 기를 움직이는 그 복잡하기 짝이 없는 과정을 무의식이 감당할 수 있을 때까지 반복적으로 수행한다. 그러다 보면 기의 움직임이 생각의 도움 없이 저절로 이뤄지며, 점차 빨라지고 한 번에 움직이는 양도 많아진다.

그리고 그것은 한계가 없다.

본래 무형이니 한계가 있을 리 없다.

무한한 기의 속도.

그것이 심즉동이다.

그 경지를 이룩한 고수와 동질감을 느낀다?

내력이 전무하다시피 했던 피월려가?

무와 극이 동질?

피월려의 눈빛이 맑게 빛났다.

이곳에 올 때까지만 해도 뚜렷한 목표가 없었다. 그저 호승심으로 이기고 싶다는 욕망뿐이었다. 그것은 그것 나름대로 좋다. 미친 듯이 검을 놀리다 보면 어쩌다 가지에서 떨어지는 열매처럼 운 좋게 갑자기 깨달음을 얻는 경우가 있다. 그러나 목표 의식이 있으면 운에 기대지 않고 확실히 그것을 얻을 수 있다.

피월려의 마음속에 오늘 대전을 통해서 전혀 이해하지 못하던 스승님의 그 말씀의 토시라도 붙잡을 수는 있을 것이라는 확신이 생겼다.

피월려는 수많은 기둥에 걸려 있는 검들을 하나씩 살펴보며 주소군에게 말을 걸었다.

"가부좌를 좋아하지 않는 것이오?"

조금의 움직임도 없는 주소군의 입술이 슬며시 열렸다.

"가부좌는 저에게 의미가 없어요. 몸을 천천히 데우며 시동을 거는 행위는 기를 제대로 이해하지 못한 자들에게나 필요한 것이죠. 기는 무형이에요. 사람들이 자기들 멋대로 통로를 만들고 길을 닦아놓고서는 그 길을 계속해서 닦아야지만 기가 빨리 통과할 수 있다고 헛된 망상을 품는 것이죠."

"그거야 그런 식으로라도 생각하지 않으면 기에 대해서 조금이라도 이해할 수 없기 때문 아니오? 모든 사람이 주 형과 같은 이해력을 가진 것은 아니오."

"제가 남다른 이해력이 있기 때문에 기에 대해서 남들보다 더 잘 이해하는 것이 아니에요."

"그럼 무엇 때문이오?"

주소군은 알아차릴 수 없을 정도로 느리게 검을 내리며 큰 숨을 내쉬었다. 그리고 다시 들어 올리면서 들이마셨다.

"운(運)이 좋았죠."

피월려는 길이가 마음에 들지 않는 목검을 다시 원래의 자리에 걸어놓고는 다음번 기둥으로 걸어갔다.

"단순히 운만으로는 결코 그 경지에 들어설 수 없었을 것이오."

"아니요. 순전히 운이에요."

단호한 주소군의 말에 피월려는 동의할 수 없었다. 지금껏 뼈를 깎는 수련과 숱한 고생을 통해서 지금의 자리에 이르렀다고 자부하는 그에게 있어 모든 것을 운이라 치부하는 운명론자가 달갑지 않은 것이 당연하다.

그러나 주소군은 분명히 극도에 오른 자다. 그의 말은 가벼이 들을 수 있는 것이 아니었다.

"그것이 왜 운이라 생각하시오?"

"글쎄요. 내공의 역사를 들여다보면 알 수 있죠."

피월려는 내공에 관한 지식이 많이 없을뿐더러 그 역사에 대해서는 전혀 들은 바가 없다. 그는 주소군의 말에 호기심이 들어서인지 막 마음에 들었던 목검을 태연하게 다시 기둥에 걸어놓고 다른 목검을 찾는다는 듯이 다음 기둥으로 걸어갔다.

"내공의 역사라……. 들은 적이 없소만. 언제 처음 개발된 것이오?"

"흠, 그건 저도 몰라요. 그러나 내공이라는 것이 왜 생겨났는지는 알죠. 과거 내공이 존재하지 않았던 시절, 무공이 곧 외공이고 외공이 곧 무공이었을 때에도 극도로 수련을 쌓아 무신(武神)이라 불렸던 자들이 있어요. 무(武)를 극한으로 익힌 그들은 자연스럽게 기에 대해서 접하게 되고 무의식적으로 사용할 수 있게 되었죠. 그것을 연구하게 된 사람들이 그들을 따라잡기 위해서 토납법을 개발했고, 그것은 곧 내공의 모형이 되었어요."

"토납법이라? 그것은 그냥 마음을 비우고 숨을 쉬는 것 아니오? 폐로 대기를 끝까지 빨아들이는 방법 말이오."

"맞아요. 토납법은 구결도 방법도 없는 그냥 생각 없이 숨 쉬기죠. 그러나 그런 숨 쉬기를 통해서 대기는 자연스럽게 몸에 쌓이게 돼요. 그것이 가장 순수한 내공이죠. 지금 쓰이는 내공의 단위가 시간인 이유는 바로 거기서 온 것이에요. 밥도 안 먹고 잠도 안 자고 생각 없이 숨 쉬기만 십 년을 할 경우 쌓이는 내력이 바로 십 년 내공이고, 그것을 육십 년 동안 할 경우 쌓이는 내력이 바로 일 갑자죠."

"아무것도 안 하고 말이오?"

"네."

"그것 참 느리기 그지없소."

"그래서 토납법은 내공으로 발전했죠. 피가 몸 안에 흐르는 것을 모방하여 기를 액체에 비유해서 추상적인 그림을 그린 것이죠. 그 대가로 가장 치명적인 급소인 단전이 생겼어요. 피의 움직임을 모방했으니 심장 역할을 하는 것이 꼭 필요했거든요. 그뿐 아니라 어떻게 혈류를 모방했는가에 따라서 내력에 색까지 입혀지게 되었어요. 대자연의 순수한 만기(萬氣)가 아니라 일정한 형식을 띤 기가 되었죠."

"그것은 퇴보가 아니오? 왜 발전이라 하셨소?"

"방금 말한 속도의 문제가 해결되었거든요. 내공으로 발전하면서 내력을 쌓는 속도가 적어도 열 배에서 많게는 스무 배까지 빨라졌어요. 반 시진에서 한 시진만 내공을 운행할 경우, 하루 온종일 토납법을 한 것과 같은 수준의 기를 얻게 되었죠."

"내공 때문에 열 배에서 스무 배가 빨라진다니 그것은 어불성설이오. 그렇다는 이야기는 누구라도 폐관수련을 한다면

육 년에서 적어도 십 년 안에는 일 갑자의 내력을 얻을 수 있다는 것이오? 토납법을 하듯이 잠도 적게 자면서 열심히 내공만 갈고닦는다는 전제하에 말이오."

"물론 그건 아니에요. 대우주에서 소우주가 소통하는 데 있어 가장 짧은 반복이 바로 하루이기 때문에 인간이 아무리 빠르게 내력을 흡수한다고 해도 하루에 하루치 이상의 내력을 흡수하는 것은 대자연의 조화상 불가능해요."

"하지만 하루에 하루치 이상의 내력을 쌓는 내공도 분명히 존재하오. 마공의 상당수가 그렇지 않소?"

"그것은 조화를 깨뜨리는 변형물이니 가능하죠. 빙공이나 화공처럼 하나의 특성이 있는 기운만 쌓는 것도 마찬가지고요. 조화를 깨뜨리지 않는 선에서는 어떤 내공도 하루에 하루치가 한계라는 말이에요."

"아, 그것이 바로 정공(正功)과 비정공(非正功)과의 차이를 나눈다는 것이오? 백도에서 조화를 중요시한다는 그 비현실적인 말이 그것을 말하는 것이라는 것을 내 오늘 처음 알게 되었소."

"백도야 워낙 자기들만의 철학이 강해서 자기들만의 용어와 사상을 잔뜩 집어넣어 어렵게 설명하지만 뼈대는 같아요."

피월려는 평생 머리 한구석에 풀리지 않던 숙제가 해결된 것 같아 표정이 밝아졌다.

"역시 극도의 깨달음을 가진 고수의 말을 들으니 한 번에 이해가 가오."

"피 형이 머리가 좋은 거예요."

"어쨌든 그것까지는 이해했소. 그런데 그것이 주 형이 심즉동을 이룬 이유가 바로 운이라는 것과는 무슨 상관이 있소?"

"제가 바로 전에 내공에서는 기의 흐름을 쉽게 제어하기 위해서 몸 안에 추상적인 통로를 만든다고 했죠?"

"그렇소. 그것을 바로 기혈이라 하지 않소?"

"무림인이 내력을 함부로 다루지 못하는 이유도 바로 그 기혈 때문이라는 것도요."

피월려는 뭔가 논리적인 모순이 느껴지면서도 그 답을 알 듯 모를 듯했다.

"흠, 그러니까… 내력이 기혈을 통해서 움직이기는 훨씬 쉽고 빠르게 이동할 수 있으나, 그 외에 융통성 있게 움직이는 부분에서는 취약하다는 말이오?"

"정확해요. 심즉동이란 그 유연성의 극의라 할 수 있죠. 사람들은 심즉동의 경지를 수만, 수천이 넘어가는 모든 기혈의 통로를 모조리 개간한 괴물 같은 경지라고 생각하겠지만, 그것은 틀린 생각이에요. 심즉동은 기혈의 개념 자체를 가지지 않는 것이죠. 제가 운이 좋았다는 말은 어떤 노력과 재능으로 심즉동을 이룩한 것이 아니라 그저 처음 익힌 내공이 바로 혈류와 기류를 사용하지 않는… 순수한 토납법에 한없이 가까운 마공이었기에 자연스럽게 심즉동을 이룩하게 된 것이죠."

"아!"

"물론 그만큼 속도가 현저하게 느려서 온종일 비싼 마단을 먹어가며 익혔지만요."

피월려는 감탄하는 표정으로 고개를 크게 끄덕이며 말했다.

"내공에 대한 상식이 전혀 없는 내게 그 극위의 하나인 심즉동에 대해서 이토록 명쾌한 답을 주시는 것을 보면 정말로 기에 대해서만큼은 확실히 대가이신 것 같소."

"헤에, 고맙죠?"

생글생글 웃는 주소군의 눈빛이 맑게 빛났다. 피월려는 주소군의 이상한 말투에 약간 얼떨떨해진 기분을 느꼈다.

"뭐, 물론… 당연히 고맙소."

"물론 전 단순히 피 형이 고마워하라고 일일이 말한 건 아니에요."

피월려도 사실 그 점이 궁금하던 참이다. 주소군의 명쾌한 설명은 무공 구결을 알려주는 것만큼이나 좋은 가르침이었고, 그런 수준의 비밀을 함부로 남에게 아무 이유도 없이 알려줄 리 만무했다.

"그렇다면 무엇 때문이오?"

"증거를 보여 드리고 싶었어요."

"무슨 증거를 말이오?"

"내가 피 형을 지도해서 심즉동의 경지까지 끌어 올릴 수 있다는 증거요."

피월려는 감정을 숨길 수 없을 정도로 놀랐다.

"나를… 심즉동의 경지까지 말이오?"

"네."

너무나 간단한 대답에 피월려는 다시 묻지 않을 수 없었다.

"어떻게 말이오?"

"진 소저가 말해줬어요. 피 형의 마공은 무단전의 내공이라고. 그러니 제가 가진 깨달음이 상당수 비슷하게 적용될 것이니 제가 도움을 줄 수 있죠."

"무단전의 내공을 익힌 것은 사실이나 그것이 왜 주 형의 것과 비슷하다는 것이오?"

주소군은 잠시 피월려를 응시하더니 살포시 작은 미소를 띠었다.

"무단전의 내공이 뭐겠어요? 생각해 봐요."

"그거야… 아, 아까 설명하던 그것이군."

주소군이 설명했던 토납법에 한없이 가까운 내공이 바로 무단전의 내공이다. 본래의 토납법에는 단전이 없으니 무단전의 내공이라는 그 이름이 딱 맞아떨어졌다.

"제가 익힌 마공도 무단전의 내공이에요. 단전도 기류도 혈류도 사용하지 않고 오로지 정신력으로만 기를 움직이는 내공이죠."

주소군의 말투는 매우 부드러웠다. 그러나 피월려의 의문은 여전히 가시지 않았다.

"그런데 그런 증거를 보여준다는 것은 또 무슨 뜻이오? 아직 이해가 가질 않소."

"바로 나랑 내기하자는 말이에요."

피월려는 순간 귀가 의심스러웠다.

"내기? 내기 말이오?"

"네."

"그 승부에서 이기고 지면 이렇게 저렇게 하자 할 때 그 내기?"

"예. 피 형이 이기면 심즉동에 이를 때까지 전심전력으로 도와드릴게요. 그 대신 제가 이기면 용안심공을 알려줘요."

"……"

이거구나.

피월려는 숨을 속으로 깊게 마시며 주소군의 얼굴을 응시했다. 그의 눈빛과 표정은 달라진 것이 없었으나, 미약한 냉기가 공기에 흩뿌려지는 것 같았다.

용안심공은 조진소가 창시하여 피월려에게 물려준 심공이다. 내력이 없는 피월려에게 육신을 한계까지 사용하게 하여 내공의 고수들조차 그를 감당할 수 없게 만들어진 희대의 심공이다.

무공의 천재라고 하는 주소군이 탐낼 만했다.

하지만 그것은 배운다고 배울 수 있는 것이 아니다. 재능의 높낮이는 아무런 상관도 없다. 피월려가 아무리 자세히 가르쳐 주고 주소군이 그것을 완벽히 이해했다고 해도 용안의 가장 기본적인 제일안(第一眼) 직시(直視)조차 얻지 못할 수 있다.

피월려는 퉁명스럽게 말했다.

"용안심공은 아무에게나 용안을 만들어내는 것이 아니라 원래 잠재된 용안을 개안하는 것이요. 따라서 주 형에게는 아마 무용지물일 것이오."

"상관없어요. 제가 익힐 수 없다고 해도 새로운 것을 공부하는 것은 재밌는 일이니까요. 심공(心功)은 다 최상급으로 분류되어 있어 열람한 적이 별로 없거든요. 그리고 애써 열람한 것들도 그리 실전에 적용될 만한 것을 찾지 못했고요. 그런데 피 형의 용안심공은 그 쓰임새가 너무나도 현실적이어서 분석이라도 꼭 한번 해보고 싶어요."

피월려는 잠시 고민했다.

용안심공은 일인전승의 신공인 만큼 타인에게 함부로 가르쳐 줄 수 없다. 하지만 특성상 다른 사람이 익히는 것은 불가능에 가까웠고, 내기에서 이긴다면 심즉동을 배울 수 있다.

심즉동와 용안심공.

이 두 가지는 거의 동급이다.

피월려는 끝없이 강해지기 위해서 천마신교에 입교했다.

그것을 이루지 못한다면 죽음에서 되살아난 의미가 없을 것이다.

피월려는 결심하고 말했다.

"정, 그렇다면… 그 내기, 받아들이겠소."

피월려는 원래 봐두었던 목검을 찾아 들고 주소군의 앞에 섰다. 주소군은 기분이 좋은지 그 작은 미소를 아직도 얼굴에 유지하고 있었다.

그리고 그들은 서로의 눈빛을 뚫어지게 바라보며 탐색했다. 피월려는 주소군의 검형을 알기에 그들의 대치가 오래갈 것이라는 것을 예상했다. 그러고는 온몸의 조금씩 힘을 빼며 장기전을 마음속으로 준비했다.

그런데 주소군의 팔이 서서히 올라가며 자세가 한껏 낮아졌다. 누가 보아도 돌격 태세지만, 그 사람이 주소군인지라 설마 먼저 움직일까 하는 의심을 품었다.

그때, 주소군의 입술이 열리고 특유의 가냘픈 목소리가 흘러나왔다.

"전에 그 심투 말이에요. 저도 방에 와서 자기 전까지 곰곰이 곱씹으면서 얻은 깨달음이 있었어요. 그중 하나가 바로 선공(先攻)이에요!"

말을 마친 주소군의 표정에서 미소가 서서히 종적을 감췄다.

피월려는 주소군이 첫발을 내딛는 것을 보았다.

두 번째도 보았다.

세 번째도 보았다.

네 번째는 보이지 않았다.

따ー 악!

"흐읍!"

피월려는 헛바람을 들이켜며 눈앞에 갑자기 나타난 주소군의 검을 말 그대로 코앞에서 막아내었다. 얼떨결이라 해도 좋을 정도로 운 좋은 방어였다.

두 목검을 사이에 두고 서로의 숨결이 느껴질 정도로 가까운 거리에서 주소군의 입술이 열렸다.

"헤에, 좋네요."

피월려는 대답할 수 없었다. 그저 온갖 인상을 쓰며 몸 안의 모든 힘을 끌어 올려 검을 밀어내는 것만이 그가 할 수 있는 유일한 것이었다. 그에 반해서 주소군의 표정은 여유가 넘쳤다.

"내력을 얻은 지 얼마나 되었다고 벌써 힘을 힘으로 상대하시는 거죠? 그래도 대단하네요. 이 정도면 본 내력이 이십 년은 넘어가는 것 같은데 말이죠. 마단이 꽤 상급이었나 봐요?"

엄밀히 말하면 피월려는 힘을 힘으로 상대하고 싶어서 상대한 것이 아니다. 용안의 힘을 억제하기 때문에 주소군의 검을 피하고 싶어도 피할 수 없으니 어쩔 수 없이 검을 들어 방어한 것뿐이다. 그리고 용안의 힘을 쓴다 해도 피할 수 있을지 의문이 들 정도로 빠르기도 했다.

피월려가 아무것도 못 하는 사이, 주소군이 갑자기 왼손을 뻗어 피월려의 목검의 끝을 잡았다. 그리고 자신의 검을 빼내어 피월려의 왼쪽 어깨를 노렸다. 피월려의 양손의 힘이 담긴 검을 주소군은 왼손 하나로 완전하게 감당한 것도 모자라서 공격까지 시도한 것이다. 이는 명백한 내력의 차이였다.

그뿐만이 아니었다.

한 손으로 검을 빼냈다가 휘두르는 것은 곡선의 낭비가 심할 수밖에 없다. 그럼에도 주소군의 목검은 상당한 속도를 가지고 있어 피월려에게 양자택일의 상황을 만들었다.

되레 공격할 것인가?

피할 것인가?

피월려는 손의 힘을 빼면서 자신의 오른쪽으로 낮게 굴렀다. 주소군의 검이 그의 머리카락을 쓸며 지나갔고, 그 뒤에 보랏빛의 검기가 그 뒤를 이었다. 주소군의 검공인 자설귀검공의 자설귀검기가 목검의 궤도를 타고 연거푸 공격한 것이다.

생각보다 손쉽게 피한 피월려는 자세를 잡아가며 몸을 세웠다. 그 와중에 주소군은 보법을 펼쳐 피월려에게 다가왔다. 그런데 그의 보법은 그의 검에 비해 현저하게 느렸다.

몸을 뒤로 돌렸기 때문인가?

아니면 예상하지 못한 움직임이기 때문인가?

피월려는 짧게 생각을 마치고는 목검을 들어 다가오는 주소군의 머리를 오른손을 뻗어 높게 찔렀다. 주소군은 고개를 옆으로 돌리는 것으로 간단하게 회피하며 피월려의 오른팔을 절단할 기세로 그의 검을 밑에서 위로 들어 올리며 휘둘렀다.

목검은 뼈가 부려지는 정도로 끝날 테지만 뒤에서 따라오는 자설귀검기는 일말의 자비도 없이 깨끗하게 팔을 잘라 버릴 것이다.

반탄지기를 뿜어내지 못하는 피월려는 검기를 방어할 수 있는 수단이 전무했다. 그는 위기감을 느끼면서 가까스로 검을 잡아당겼다. 그런데 마치 몸이 검을 잡아당긴 것이 아니라 그의 검이 몸을 잡아당긴 것처럼 피월려의 신체가 앞으로 향했다.

피월려는 왼발을 들어 그 발바닥을 주소군의 검끝으로 향했다. 그리고 강하게 아래로 차며 그 검과 충돌시켰다.

타— 앙!

주소군의 동공이 동그랗게 커졌다. 그의 눈에 피월려의 자신감 넘치는 표정이 들어왔다.

피월려는 그대로 몸에 힘을 더하여 왼쪽 어깨로 주소군의 턱을 공격했다. 주소군은 그 짧은 시간에 천재적인 감각으로 겨우 얼굴을 돌릴 수 있었다.

그러나 피월려의 어깨 공격에서는 완전히 벗어나지 못해 그의 목 언저리를 맞게 되었다.

퍼억!

주소군은 뒤로 물러나는 충격에 보법을 밟아 그 힘을 더해 거리를 일 장도 넓게 벌렸다. 그러나 당장 위험에 닥친 것은 피월려다. 주소군의 검을 발바닥으로 막았으니 그 뒤에 따라오는 자설귀검기가 그의 발을 모조리 토막 낼 것이기 때문이다.

그러나 피월려의 표정은 여유로웠다.

그의 발 또한 아무 일도 없이 멀쩡했다.

주소군은 고통스러운지 피격당한 목 부분을 손으로 쓸면서 나지막하게 말했다.

"어깨 공격이라니… 역시 피 형이군요. 그런데 어떻게 알았죠, 제 검에 자설귀검기가 없다는 것을? 용안인가요?"

피월려는 발바닥에서 얼얼하게 느껴지는 고통을 참으며 대답했다.

"주 형은 원래 보법을 펼치지 않소. 항상 역공으로 한 번에 사살하는 형태였소. 그러니 보법에 대한 이해도는 낮을 수밖에 없다고 판단했소. 따라서 검공을 펼치는 것이 아닌 이상

그토록 빠른 보법을 펼치는 와중에 검기까지 담아내지는 못할 것이라 생각했소."

"그 판단이 틀렸으면 다리 하나를 평생 못 썼을 텐데요?"

"확신이 있었소."

"헤에, 역시 용안의 힘은 탐나네요. 두 번의 합으로 그걸 깨우치시다니 놀라운데요? 게다가 검을 발로 막을 생각을 하셨다니 대단해요."

피월려는 고개를 좌우로 흔들었다.

"난 용안을 쓴 것이 아니오. 그저 유추한 것뿐이오."

"설마요. 제 검의 움직임을 완전히 파악하지 못했다면 그런 방어 동작은 꿈도 못 꿔요."

"내가 용안을 쓰지 않은 것은 사실이오. 며칠 전 나도 깨달음이 있어 용안에 의지하지 않으려 노력하고 있소."

주소군은 눈 한쪽을 찡그렸다.

"표정을 보니 정말인가 보네요. 그런데 용안은 심공이 아닌가요? 그런 식으로 발동하고 발동하지 않는 것을 마음대로 할 수 있는 건가요?"

"그것은 불가능하오. 그저 자제하는 것이오."

"심공을 어찌 자제하죠?"

"그저 발동하지 않게 하면 되오."

"네?"

"흠, 아니오. 이건 말로 설명하기 어렵소. 그저 머릿속으로 용안을 사용하지 않겠다고 굳게 마음먹고 그 결정을 끝없이 되새기는 것이오."

주소군은 고개를 갸웃했다.

"그 부분이 제가 이해가 가질 않아요. 어떻게 생각하지 않는 것이 가능하죠? 검에 대해서 생각하지 말자고 다짐하는 것과 같은 거잖아요? 검에 대해서 생각하지 말라고 누군가 말한다면 당연히 검에 대해서 생각하게 되죠."

피월려는 얼굴에 뭔가 한 방을 크게 맞은 듯한 표정을 지었다.

"그거야… 그렇소."

"심공이 강력한 이유는 그 근본이 육체나 기에 있는 것이 아니라 마음에 있기 때문이죠. 항상 유지되며 형이 없어 다른 모든 무공에 자연스럽게 녹아드니까요. 그런데 단순히 용안에 대해서 생각하지 않는다고 해서 그 영향을 배제할 수는 없어요. 바로 전 방어 태세에서 피 형은 조금이라도 걱정했었나요? 본인의 판단이 틀릴 것이라는?"

"아니, 하지 않았소."

"맞아요. 제가 느꼈을 때도 피 형은 어떠한 망설임의 기색도 없었어요. 마치 사람이 땅을 걸으면서 당연히 땅이 꺼질 걱정을 하지 않는 것처럼, 하늘을 보며 하늘이 무너질 것이라는 걱정을 하지 않는 것처럼 다리를 들어 검을 막으면서 당연히 검에 검기가 없을 것으로 생각한 것이죠. 그런 완전한 확신은 용안이 없는 사람에게는 불가능한 것이에요. 무림인이 싸울 때에는 항상 적과 자신 두 명과 모두 싸우죠. 내 다리가 잘리지 않을까, 내 판단이 틀리지 않을까 하는 자기 의심 말이에요. 그런데 피월려는 용안의 영향으로 그것에서 완전히 해방된 사람 같아요."

피월려는 잠시 땅에 시선을 고정하다가 고개를 두어 번 끄덕였다.

"듣고 보니 주 형의 말이 옳은 듯하오. 나는 지금까지 내 판단을 의심하며 정신력을 낭비한 기억이 없소."

"저는 그게 바로 용안의 참된 위력이라 생각해요. 사고의 불확실성을 완전히 배제하여 나 자신과의 싸움을 할 필요가 없게 만드는 것이죠."

"……"

"그러니 용안이 발동되고 말고는 중요한 것이 아니죠. 심공이란 마음의 공부잖아요? 용안심공이 발동하든 발동하지 않든 피 형의 마음은 짐작할 수 없을 정도로 지고한 수준에 머물러 있어요."

피월려는 어지럽다는 듯이 고개를 살며시 돌렸다. 그리고 그의 몸이 살짝 휘청거렸다.

그는 형용할 수 없는 깨달음이 머릿속을 강타하는 것 같아 도저히 견딜 수 없었다. 전신에 힘이 빠져 서 있는 것조차 어려워 목검으로 겨우 앞을 받치고 자세를 유지할 수 있었다.

피월려의 동공은 앞을 향했으나 초점은 한없이 멀었다.

깨달음의 늪에 빠진 이상 그를 다시 깨워 비무를 하는 것은 오늘 내에 불가능할 것이다.

주소군은 고개를 푹 숙였다.

"또 피 형만 좋은 일 시켰네. 너무하네요."

한숨을 푹 쉰 그는 목검을 제자리에 가져다 놓고자 걸음을 옮겼다. 그는 다시 한번 슬며시 피월려를 보았는데, 피월려는 검을 앞으로 뻗고 횡으로 멍청하게 휘두르고 있을 뿐이다.

그런데 절대로 열리지 않을 것 같던 피월려의 입술이 열렸다.

"주 형, 비무를 계속합시다."

주소군은 속으로 기뻐서 날뛸 정도였지만 내색하지 않고 피월려에게 물었다

"괜찮겠어요? 깨달음을 얻으신 듯 보이는데……."

"덕분에 직시(直示)에서 투시(透示)로 올라선 듯하오. 저번 주 형과의 비무에서 직시의 끝에 이르게 되었는데 이번에도 주 형의 도움으로 다시 한번 올라가게 되었소. 고맙소."

주소군은 가벼운 발걸음으로 목검을 다시 들고 피월려의 앞으로 총총 걸어갔다.

"도움이 되었다면 다행이에요. 직시나 투시는 용안심공의 단계인가 보죠?"

"그렇소. 초급과 중급이라 보면 되오."

"투시라······. 이름만 듣고 보아도 참 대단할 것 같은데요?"

"지속적인 부분에서 이득이 있는 것이지 순간적인 부분에서는 직시와 다른 것이 없소. 그저 직시의 단계에서 직면하게 되는 수많은 부작용이 모두 사라지고 몸으로만 느낄 수 있는 기류를 눈으로 보듯 깨끗하게 파악할 수 있는 정도이오."

"그거야··· 당연한 거잖아요?"

"······."

"네? 피 형?"

"아, 아무것도 아니오."

피월려는 사람들이 주소군을 천재라고 불렀다는 것을 기억해 냈다. 믿기 어렵지만 아마 주소군은 날 때부터 기류를 눈으로 보듯 깨끗하게 파악했나 보다. 피월려도 사람인지라 조금은 자랑하고 싶은 마음에 설명했지만 주소군에게는 그리 자랑같이 들리지 않는 듯했다.

주소군이 물었다.

"그럼 용안을 사용하시는 건가요?"

"용안은 사용하고 말고 하는 것이 아니라 항상 내 마음에 같이 있는 것이오. 주 형이 준 깨달음이 그것이지 않소? 하하하!"

"헤에? 그래요?"

"자, 선공하시오."

피월려는 검을 주소군에게 향하며 왼손을 펼쳐 보였다.

주소군은 피월려의 자신만만한 표정을 보았고, 그의 양 입꼬리가 살짝 위로 올라갔다.

언제쯤이었을까, 자신과 무예를 겨루며 저런 표정을 짓는 상대를 본 것이?

주소군은 전신의 마기를 폭발시켜 내력을 한없이 끌어 올렸다. 마공의 진정한 위력은 마기를 폭발시켜 세 배에서 다섯 배까지 되는 내력을 단번에 얻는 것이다. 원래부터 가공할 내력을 지닌 주소군이 그것을 마기로 모조리 끌어 올리니 그가 입은 옷이 기류에 펄럭일 정도였다.

그는 무형검을 담았던 마음을 버리고 본신의 위력을 담은 자설귀검공을 그 속에 가득 채웠다. 그의 온몸에 퍼져 있는 내력이 그의 정신에 반응했고, 그 기류는 자설귀검공의 흐름을 받아 소우주를 형성했다.

"갑니다."

주소군의 전신에 보랏빛 기운이 은은하게 퍼졌고, 피월려의 용안에 그 진한 색이 아른거렸다. 그리고 그 기운이 잔상으로 남을 만큼 빠른 속도로 주소군의 목검이 피월려의 정면으로 날아왔다.

쿵!

피월려는 몸 안의 극양혈마공의 마기를 모조리 끌어모았으나 힘으로 맞붙어서는 절대로 상대하지 못한다는 것을 잘 알고 있었다. 그는 목검은 비스듬하게 틀어서 성난 황소를 달래는 나비처럼 주소군의 검을 왼쪽으로 살짝 비틀었다.

주소군의 목검이 피월려의 목검을 맞고 살짝 비틀어졌다고 생각한 찰나, 피월려는 오른쪽 관자놀이로 주소군의 목검이 날아오는 것을 감지했다.

흡사 쌍검을 쓰는 듯한 모습이 머리를 스치면서 피월려는 목을 뒤로 빼며 고개를 앞으로 젖혀 그것을 최단 거리로 피해 내었다.

피월려의 시야가 아래로 향했고, 그의 눈에 복부를 찔러오는 목검이 보였다.

쌍검, 아니, 삼검(三劍)이라도 쓰는 건가.

주소군의 신체는 눈에 보이지도 않는다.

오로지 그의 검이 보일 뿐이다.

귀신.

피월려는 그렇게 생각할 수밖에 없었다.

쿠웅!

그대로 맞았다면 내장을 진동하는 충격이겠지만, 피월려는 용안의 도움을 받아 그 힘을 그대로 받으며 크게 뒤로 도약했다. 피월려는 뛴 자리의 바닥이 깨질 정도로 마공의 힘을 극한으로 활용했다. 극양혈마공의 내력과 주소군의 검에 담긴 힘 때문에 날아가는 피월려의 속도는 상상을 초월했다.

그러나 주소군과의 거리는 조금도 멀어진 것이 없었다.

그리고 또다시 첫 타가 피월려의 어깨로 떨어졌다.

탁!

검으로 막는다.

휙!

피한다.

쿵!

충격을 그대로 받아 다른 곳으로 이동한다.

이 세 가지 동작이 스물네 번 반복되었다.

그 와중에 바닥의 부서진 곳은 총 마흔여덟 곳이 되었다.

피월려는 다시 위치를 이동했고, 주소군은 그대로 따라왔다.

피월려의 얼굴에는 극한의 초조함이 담겨 있었고, 주소군의 얼굴에는 극한의 쾌락이 담겨 있었다.

이제는 주소군이나 피월려나 그 내력을 온전히 다룰 수 없는 한계에 이를 정도로 소모해 버렸다. 그러나 피월려는 자기가 먼저 바닥을 보일 것이라는 것을 알았고, 그렇게 되면 세 번째 타격의 힘을 온전히 받아낼 수 없게 된다.

이번 한 번으로 무조건 끝내야 한다.

하지만 그러려면 선택해야 한다.

막지 않을 것인지.

피하지 않을 것인지.

움직이지 않을 것인지.

그 와중에도 주소군의 목검이 피월려의 심장을 향해 독사처럼 날아왔다. 피월려는 그 검을 억지로 보지 않고 주소군의 신체를 찾았다.

용안으로도 흐릿하게 보이는 쾌속의 육체.

일전이 시작되고 정말로 처음 보는 주소군이다. 검의 궤도만 따라가느라 그의 신체는 볼 겨를도 없었기 때문이다.

피월려는 그의 심장에 집중하여 목검을 꽂아 넣었다. 그리고 왼손으로 자신의 심장을 감싸는 것을 잊지 않았다.

피월려가 육체에 모든 명령을 내리고 무심코 주소군의 표정을 보았을 때는 평생에 길이 남을 공포감을 맛봐야 했다. 호승심과 마기에 완전히 취한 주소군의 표정은 도저히 인간의 것이라 볼 수 없었기 때문이다.

다행히도 공포감의 여파가 움직임을 저하시키기기도 전에 그들은 충돌했다. 그 정도로 긴박한 순간이었다.

피월려의 목검은 주소군의 심장을 노렸고.

주소군의 목검은 피월려의 심장을 노렸다.

찰나 후, 그 둘의 검은 박소을의 양손에 깨끗하게 잡혔다.

"서로 죽일 생각이오?"

피월려와 주소군은 갑자기 중간에 나타난 괴인의 말에 잠에서 깨어나는 것처럼 정신을 차렸다.

묘한 대치 상태.

그 주위에는 일말의 바람조차 불지 않았다.

피월려와 주소군은 한목소리로 말했다.

"일대주님?"

박소을은 그 둘을 번갈아보며 말했다.

"맞소. 박소을이오."

"여, 여긴 어쩐 일로?"

"뭐겠소? 임무지."

피월려와 주소군은 눈을 껌뻑이며 그를 멍하니 쳐다볼 뿐이었다.


\*　　　　　\*　　　　　\*


피월려와 주소군은 박소을의 방으로 와서 임무에 관한 이야기를 들었다.

임무는 간단했다.

한 저택에 침투해서 한 인물을 생포하면 되는 일이었다.

주소군과 피월려는 각각 다른 위치와 다른 사람을 맡게 되었는데, 그 이유는 천마신교 낙양지부에서 찾는 인물의 행방이 총 다섯 곳으로 추려졌기 때문이다. 천마신교의 정보력으로도 다섯 이하로 추릴 수 없었다면 그 인물은 자신을 감추는 데 있어 매우 뛰어난 사람임이 분명했다.

현재 낙양지부에서 가장 최우선적으로 필요한 정보는 바로 살막과 하오문에 관계된 정보다. 그들이 신물주의 죽음과 피월려의 납치에 책임이 있다고 의심받기 때문이다.

만약 무영비주가 잠사의 머리를 들고 낙양지부에 찾아와 살막과 마교 간의 외교를 잘 이끌었다면 이 인물이 살막의 인물이어서는 안 된다.

피월려는 초조한 마음을 다스리며 박소을에게 물었다.

"저희가 찾는 인물이 혹 살막에 관계된 겁니까?"

박소을은 그를 빤히 바라보더니 툭 내뱉듯 말했다.

"본래는 대원들에게 이렇다 할 설명을 하지는 않소만, 피 대원은 이 일과 직접적인 관계가 있으니 내 말해주겠소. 살막과의 은원은 모두 정리가 되었고, 지금은 하오문에 집중하고 있소. 그러니 살막과 안 좋은 추억이 있다 한들 대의를 위해서 잊어버리도록 하시오."

계획대로 흘렀다.

피월려는 안심하며 의심을 조금이라도 덜고자 분노를 억제하는 척했다.

"글쎄요. 절 가둔 놈이 눈앞에 보이면 제가 어떻게 할지는 저도 잘 모릅니다만."

"개인 사정으로 전체의 일을 망치지 마시오. 살막은 본 교에도 적지 않은 도움을 주는 단체고 그들과는 좋은 관계를 유지하는 것이 훨씬 더 이득이 되니 말이오. 이건 명이오."

"존명."

"주소군은 지금부터, 피월려는 오늘 자정부터 일을 시작하시오. 내일 자정까지 그들을 포박해서 거기 쓰여 있는 위치로 데리고 오면 되오."

주소군은 서찰을 위아래로 훑으며 나지막하게 물었다.

"최악의 경우에는 어떻게 하죠? 죽이나요? 아니면 버리고 오나요?"

"지금 지부장이 요구하는 정보는 사실 보름 정도만 있으면 하오문에 잠입해 있는 마조대에서 얻을 수 있소. 하지만 조금이나마 빨리 얻고자 요즘 하릴없이 펑펑 노는 피 대원과 주 대원을 굴리는 것뿐이오."

"······."

"······."

"그러나 최악에 경우, 죽여도 상관없소. 어차피 낙양을 좀 더 시끄럽게 만들려는 의도도 있으니까 거기 쓰인 대로 불을 질러도 상관없을 것이오."

"헤에? 역시 대주님은 제가 따르던 상관 중에서도 단연 최고예요."

"칭찬이라면 고맙소. 그럼 나가보시오."

피월려와 주소군은 포권을 취하고는 박소을의 방을 나섰다.

피월려는 고갈된 내력 때문에 심한 기의 갈증을 느꼈다. 신나게 한바탕 싸우고 나니 극양혈마공의 마기가 들끓은 것이다.

그러나 이상하게도 몸을 가누는 데 있어 그리 불편함은 없었다. 마기가 속에서 끓어오르는 것이 느껴지지만, 정신이 흐려지지는 않는다. 피월려는 용안의 위력 탓에 정신력이 좀 더 성장한 것이 아닌가 하는 생각을 했다.

그런 와중에 옆에서 조용히 걷던 주소군이 먼저 입을 열었다.

"비긴 거네요?"

피월려는 그의 목소리에 상념을 멈췄다.

"주 형께서 검기와 검강을 사용하였다면 진작 끝났을 일전이었소."

"그랬다면 움직이지 못했을 것이고, 그럼 재미도 없었을 거예요. 무엇보다 제 깨달음을 완전히 제 것으로 만들지도 못했을 것이고요."

피월려는 다시 한번 주소군의 재능에 감탄했다.

"완전히 만들다니…… 그 한 번의 싸움으로 깨달음을 전부 익혔다는 것이오?"

주소군은 쾌활하게 대답했다.

"네! 자설귀검공을 상대하는 사람은 그것이 쾌검이라 생각하는 사람이 많겠지만 사실 그건 환검이에요. 덫을 놓고 기다리다가 확 잡아먹는 함정 같은 검공이죠. 저는 피월려와의 일전에서 그런 자설귀검공을 움직이며 펼치면 어떨까 하는 생각을 했죠. 그리고 오늘에서야 만족스럽게 성공한 것 같아요."

피월려는 잠시 턱을 괴고 전의 일전을 회상했다.

"확실히. 나도 주 형이 쾌검의 달인이라 생각해서 그런지 이번의 일전에서 그 놀라운 속도를 보고도 주 형이니까 당연하다는 생각을 했소. 그러나 다시 주 형의 말을 듣고 보니 주 형은 쾌검의 달인이 아니라 환검의 달인이었구려. 그리고 이번에야말로 진정한 쾌검의 달인으로 거듭난 것이고. 아! 그렇다면……!"

피월려는 무언가 깨달은 듯 손바닥을 주먹으로 탁 쳤다. 그 모습에 주소군이 깊은 미소를 지었다.

"헤에? 눈치채셨군요?"

"그 세 번의 일격 중에 내가 항상 피했던 두 번째는 진짜가 아니었소! 너무나 빠르다고 생각했는데……. 내 말이 맞지 않소?"

"아하하! 역시 피 형이에요. 맞아요. 자설귀검공은 많은 환검을 가지고 있는데 그중 하나인 위설(僞雪)이죠. 검과 비슷한 기류를 내보내기 때문에 눈으로는 보이지 않지만, 한창 검을 섞는 바쁜 와중에는 검이라고 착각해 버리는 거예요."

"나는 솔직히 주 형이 순간 귀신이 아닌가 했소. 그런 엄청난 속도는 내 평생 상대해 본 적이 없소."

"피 형처럼 회피를 위주로 방어하는 사람에게는 환검이 정설이잖아요? 실제로 없는 환검까지도 피하면서 동선을 낭비하니까요. 용안을 주력으로 사용하는 피 형에게 있어 자설귀검공은 극상성이에요. 과감히 보기를 포기하고 무시해야 하는 것들도 전부 계산하려니 답을 내놓기가 어려운 것 아니겠어요?"

피월려는 놀람에 놀람을 거듭하며 아이처럼 고개를 끄덕였다.

"하하하, 용안의 약점을 정확하게 파악하셨소. 단 하나도 놓치지 않고 모든 것을 보는 용안 앞에서 무언가를 감추려는 속임수는 무의미하오. 주 형의 말처럼 오히려 더 많은 것을 꺼내 보여서 수많은 거짓 중에 진실을 감추는 방법만이 통할 뿐이오."

"역시 제 예상이 맞았군요. 하지만 결과는 결국 비긴 거니 뭐 이런저런 소리는 다 소용없는 짓이죠. 그 마지막 동귀어진은 정말로 예상하지 못했어요."

"내가 첫 타에 반격할 것이 아니라 두 번째에 했더라면 승리를 받아낼 수 있었을 것이오. 안타깝소. 하하하! 어쨌거나 결국 대주님의 말씀처럼 양패구상이 자명했으니 비긴 것이 맞소."

"흠, 그럼 두 가지 방법이 있겠네요. 나도 알려주고 피 형도 알려주고. 아니면 둘 다 안 알려주고. 개인적으로 전자를 선호합니다만 피 형은 어때요? 용안을 가르쳐 주시고 심즉동을 배우실래요?"

피월려는 의미 모를 미소를 지었다.

"심즉동에 자설귀검공까지 얹혀서 알려주신다면 용안을 가르쳐 주겠소."

주소군의 눈에서 곤란함이 느껴졌다.

"그건 좀……."

"내가 보았을 때 주 형은 이십 대의 나이에 이미 절정고수 중에서도 상 중 상의 고수이오. 심(心), 기(氣), 체(體), 이 세 가지 중에서 가장 부족한 심을 채운다면 나중에 입신의 경지도 무리는 아닐 것이오. 그리고 나는 용안심공이 심을 모두 채워 줄 것이라 확신하오. 용안심공의 상급이자 마지막 단계는 바로 심안(心眼)이기 때문이오."

심안이란 인간의 마음을 모조리 꿰뚫어 보는 능력을 뜻한다.

도를 통달한 도인들이 한눈에 사람들의 모든 것을 읽어내는데 이를 보고 심안이라 일컬으며, 무예를 연마하는 무림인들은 입신의 경지에 이르면 이것을 얻게 된다고 믿고 있다.

용안이란 눈으로 보이는 모든 정보를 조합하여 상대방의

움직임을 읽는 것이다. 그런데 사람의 마음은 어떤 방법으로든 간에 그 몸에 표현되게 마련이다. 그 극도로 미세한 움직임 하나하나까지 모두 놓치지 않고 볼 수 있게 될 경우 용안은 그 사람의 마음을 완전히 읽게 되는데, 그것은 심안과 진배없다.

"심안…… 정말인가요?"

"그렇소. 바로 그 심안이오. 용안심공은 심, 기, 체 중에서 심만큼은 확실히 지고한 경지에 이르게 해줄 수 있소. 물론 용안을 모두 익힌다는 가정하에 말이오."

"어렴풋이 예상은 했지만 직접 들으니 구미가 당기네요. 좋아요. 제 자설귀검공과 심즉동으로 드리지요."

"좋은 선택이오. 금강불괴만 이루면 심, 기, 체가 입신의 경지와 같아질 것이오. 하하하!"

"에이, 그 사기적인 무한한 내력은 어쩌하고요? 다른 건 몰라도 그게 조화경의 핵심이잖아요?"

"그냥 농담으로 하는 소리였소. 하하하!"

주소군과 피월려는 그렇게 다음번 일전을 약속하고는 헤어졌다. 피월려가 방에 도착했을 때는 정말 다행히도 서린지와 초류아의 모습이 보이지 않았다. 홀로 방 안에 앉아 있는 진설린은 무슨 인형을 만드는지 천과 솜을 가지고 바느질을 하고 있었다.

"이제 오시네요? 남자들끼리 재밌으셨나요?"

"미안하오. 도중에 임무를 부여받아서 좀 늦었소."

"가서 빨리 씻으세요. 벌써 열세 시진은 지났으니 서둘러야
해요."

조금은 대담해진 듯한 진설린의 말투에 피월려는 머리를 긁
적이며 어색한 미소를 지었다.

*　　　　*　　　　*

진설린이 만드는 도깨비 인형은 총 다섯 개의 눈을 가지고
있었다. 그런 인형 하나를 만드는 데에는 피월려가 가부좌를
틀고 극양혈마공으로 마기를 쌓는 것만큼이나 높은 고도의
집중력이 요구되었고, 진설린 본인도 놀랄 만큼 시간이 훌쩍
지나 어느새 자정이 되어 있었다.

주하가 모습을 드러내며 방으로 들어온다는 것은 분명히
자정이 되었다는 뜻이므로 진설린은 이마의 땀을 훔치면서 인
형을 내려놓았다.

"성함이 주하신가요?"

진설린.

가뜩이나 말이 없는 이대원 사이에서도 언제나 빠지지 않
는 대화 주제가 눈앞에 있다.

주하는 그녀와 얼굴을 맞대고 대화하는 것이 이번이 처음이다.

광녀(狂女).

천마신교라는 집단에서조차 광녀라는 별명을 가진 그녀. 그러나 첫인상은 선녀(仙女)라 해도 좋을 만큼 아름다운 외모를 가진 여자였다.

주하는 왠지 모르게 긴장되었다.

"맞습니다. 피 공자를 데리러 왔습니다."

진설린은 손가락 하나를 입에 살짝 물고는 옆에서 가부좌를 하고 있는 피월려를 흘겨보았다.

"시간이 벌써 자정이 되었군요. 제가 깨울게요. 기다려요."

"일주천(一周天)을 하고 계시면 함부로 깨울 수 없지 않습니까?"

"괜찮아요. 나와 월랑(月郞)은 내공의 성질이 비슷하니까요."

주하는 순간 말을 더듬었다.

"아… 아하… 워, 월랑이요?"

여인은 사랑하는 남자에게 애칭으로 랑을 붙여 부른다.

진설린은 얼굴의 표정 하나 바뀌지 않고 고개를 끄덕였다.

"네! 사랑하는 남자에 대한 애칭이죠."

진설린의 눈빛은 묘한 감정을 담고 있었다. 마치 자신의 남자를 지키려고 다른 여인을 견제하는 경계심과 멋진 정인을 자랑하는 듯한 뿌듯함이 섞여 있는 듯했다.

주하는 얼굴을 굳혔다.

"아, 네. 하여간 깨워주시기 바랍니다. 한시가 급한 임무입니다."

주하의 딱딱한 어조에 진설린은 입술을 삐죽였다.

"알았어요, 뭐."

진설린은 속이 비치는 그 옷을 찰랑거리며 피월려에게 다가갔다. 주하는 그 살랑거리는 반투명한 옷가지를 기가 막힌다는 듯이 바라보았다.

여인으로서 고급살수의 위치에 정정당당히 올라간 그녀가 가장 싫어하는 부류는 바로 실력도 없이 자기의 외모만 이용하는 여성이다. 그러나 그런 불쾌감이 섞인 시선에도 진설린은 오히려 더 보라는 듯이 몸매의 탄력을 자랑하며 침상 위를 뇌쇄적으로 기어 피월려의 등 뒤에 섰다.

그리고 주하를 향해서 눈웃음을 한번 치더니 양 검지를 포개서 피월려의 옷 속으로 넣고는 그의 단전 위에 올렸다. 그런데 그녀의 손 위치와 각도가 매우 미묘하여 주하가 바라보는 방향에서는 마치 피월려의 남성을 자극하는 매우 민망하기 짝이 없는 장면이 연출되었다.

주하는 고개를 돌려 버렸다.

그러나 그녀의 입꼬리가 파르르 떨리는 것은 멈출 수 없었다.

곧 진설린의 극음귀마공이 피월려의 몸속으로 천천히 주입되어 일주천을 부드럽게 격감시켰다.

"후유……."

피월려는 폐 속에 있는 모든 공기를 내쉬면서 깊은 의식 속에서 깨어났다. 그는 마치 깊은 잠을 자고 일어난 것처럼 상쾌한 기분을 맛보았다.

그러나 즉시 방 안의 차가운 공기가 그의 신경을 건들며 좋은 느낌을 모두 다 날려 버렸다.

"무, 무슨 일이 있으시오? 무슨 일 있으시오, 주 소저?"

피월려는 뒤에 있는 진설린과 고개를 돌린 주하에게 번갈아 물었다. 그런데 진설린이 갑자기 그의 목을 휘감으며 덮치듯 끌어안았다.

"월라~ 앙, 벌써 자정이에요."

피월려의 얼굴은 당혹 그 자체로 물들었다.

"워, 워, 월… 랑?"

진설린은 주하에게 시선을 고정하면서 피월려의 귓가로 입을 가져가 주하가 들리지 않게 속삭였다.

"몸조심하세요. 그리고 빨리 들어오셔야 해요."

결국 주하는 참지 못했다.

"크흠! 피 대원님, 어서 가야 합니다."

"아, 알았소. 진 소저, 잘 다녀오리다."

피월려는 본능적인 감각으로 이 방 안에 오래 있을수록 자신에게 해가 된다는 것을 느끼고는 빠르게 방 밖으로 나섰다.

주하는 진설린에게 눈길조차 주지 않고 피월려를 따라 나갔고, 진설린은 양손을 흔들면서 피월려와 주하의 모습이 보이지 않을 때까지 인사했다.

『천마신교 낙양지부』 4권에 계속…

# 초대형 24시 만화방

신간 100%, 샤워실, 흡연실, 수면실(침대석), 커플석, 세탁기 완비

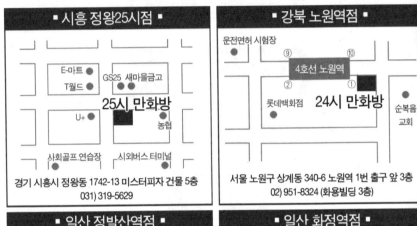

## ▪ 시흥 정왕25시점 ▪

E-마트
T월드
GS25 새마을금고
U+
25시 만화방
농협
사회골프 연습장
시외버스 터미널

경기 시흥시 정왕동 1742-13 미스터피자 건물 5층
031) 319-5629

## ▪ 강북 노원역점 ▪

운전면허 시험장
⑨ ⑩
4호선 노원역
② ①
롯데백화점
24시 만화방
순복음 교회

서울 노원구 상계동 340-6 노원역 1번 출구 앞 3층
02) 951-8324 (화용빌딩 3층)

## ▪ 일산 정발산역점 ▪

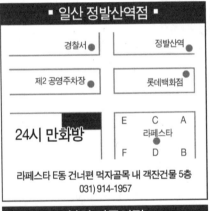

경찰서
정발산역
제2 공영주차장
롯데백화점
24시 만화방
E   C   A
라페스타
F   D   B

라페스타 E동 건너편 먹자골목 내 객잔건물 5층
031) 914-1957

## ▪ 일산 화정역점 ▪

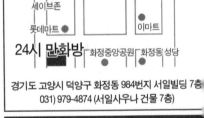

덕양구청
③ ④
화정역
② ①
세이브존
롯데마트
이마트
24시 만화방
화정중앙공원   화정동 성당

경기도 고양시 덕양구 화정동 984번지 서일빌딩 7층
031) 979-4874 (서일사우나 건물 7층)

## ▪ 부천 역곡역점 ▪

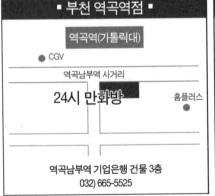

역곡역(가톨릭대)
CGV
역곡남부역 사거리
24시 만화방
홈플러스

역곡남부역 기업은행 건물 3층
032) 665-5525

## ▪ 부평역점 ▪

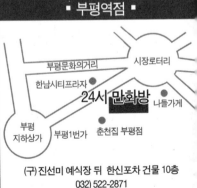

부평문화의거리
시장로터리
한남시티프라자
24시 만화방
나들가게
부평
지하상가
부평1번가   춘천집 부평점

(구) 진선미 예식장 뒤 한신포차 건물 10층
032) 522-2871

# GRAND SLAM

FUSION FANTASTIC STORY

자미츠 장편소설

## 그랜드슬램

**2016년의 대미를 장식할 최고의 스포츠 소설!!**

Career record : 984W 26L
Career titles : 95
Highest ranking : No.1(387weeks)
Grand Slam Singles results : 23W
Paralympic medal record : Singles Gold(2012, 2016)

**약 십 년여를 세계 최고로 군림한 천재 테니스 선수.
경기 내내 그의 몸을 지탱하고 있는 것은…… 휠체어였다.**

## 『그랜드슬램』

**휠체어 테니스계의 신, 이영석(32).
그는 정상의 자리에서도 끝없는 갈망에 사로잡혀 있었다.**

**"걷고 싶다, 뛰고 싶다. …날고 싶다!!"**

## 뛸 수 없던 천재 테니스 선수
## 그에게, 날개가 달렸다!!!

Book Publishing CHUNGEORAM

유행이 아닌 자유추구 -
WWW.chungeoram.com

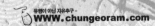

# 이계진입 리로디드

임경배 퓨전 판타지 소설

FUSION FANTASTIC STORY

『권왕전생』 임경배의 2015년 신작!

## 『이계진입 리로디드』

**왕의 심장이 불타 사라질 때,**
**현세의 운명을 초월한 존재가 이 땅에 강림하리라!**

폭군으로부터 이세계를 구원한 지구인 소년 성시한.
부와 명예, 아름다운 연인…
해피엔딩으로 이야기는 끝인 줄 알았건만
그 대가는 지구로의 무참한 추방이었다.
그리고 10년 후……

**"내가 돌아왔다! 이 개자식들아!"**

**한 번 세상을 구한 영웅의 이계 '재'진입 이야기!**

Book Publishing CHUNGEORAM

유행이 아닌 자유추구 -
WWW.chungeoram.com

# GAME BALL

## 게임볼　설경구 장편소설

FUSION FANTASTIC STORY

무명의 야구인이었던 남자,
우진이 펼치는 야구 감독으로서의 화려한 일대기!

## 『게임볼』

"이 멤버로 우승을 시키라고?"

가상 야구 게임,
게임볼을 통해 인생 역전을 꿈꾸는

### 한 남자의 뜨거운 행보에 주목하라!

Book Publishing CHUNGEORAM

유행이 아닌 자유추구 -
WWW.chungeoram.com